擁抱自己的碎片

青(@163_______)
著

棉木先生
繪

目錄

擁抱自己的碎片

捨得，捨不得

目錄

誠實日記

人是透過觀察長大的

推薦序　棉木先生

因為有你，所以才看到這個世界的全貌

首先，我想先深深地感謝晏瑭編輯，謝謝她在二〇二一年的春天看見了青，因為有晏瑭的青睞，所以才有這本書的誕生。記得那時候青是在人生非常重要的時刻收到出版社的邀約，正是她從碩班畢業、要踏入社會的時候，得知這個消息時，是青隔著電話告訴我的，我們都非常的開心，而且心裡充滿感謝。

記得和青在交往初期的時候，我問青：「你以後想要當什麼？」

她的答案裡永遠都會有一個「作家」。直到現在，我才真正意識到我是被凡塵俗事所框架住的人，一個人想要成為什麼，只要堅持自己的信念，並且每天為自己的夢想跨步，他就會離夢想越來越近。

我的工作是工程師，平常的生活非常的簡單，也因為這樣，我發覺身邊的青永遠都不會受社會框架所限制，對於她心裡想要的東西，總是可以無所畏懼的勇往直前，她不會因為別人的言語而左右自己心裡的聲音，她會用行動去認識這個世界。青是我的一面鏡子，她讓我更認識自己，如果沒有她，我也許就是一般的上班族，因為有青的出現，所以我在平凡生活裡找到自己的不平凡，在日常生活中裡懂得採集靈感，然後用畫筆一一的描繪我們的生活輪廓。

一路走來，讀者一直是最溫暖的存在，每一句的留言和私訊都充滿了愛，青常常會拿給我看哪一位讀者說了什麼讓她感動、哪一位讀者讓她有感而發，她總是這樣關心著每一位和她傾訴的對象。這本書花將近一年的時間撰寫，我相信裡面有許多的養分是來自讀者的一字一句，真的要非常感謝讀者給青與棉木先生的力量。

這本書讓我更認識青，比起平時在ＩＧ上分享的短文能夠敘述情感，書裡的故事情境刻畫的情更深，那些我和她一起經歷的事情，因為角度的不同，所以在文章裡的字字句句都讓我有更深的觸動。

記得小時候讀過一本書，上面寫道：「你要找到生命裡的領航員，他會帶你去遨遊世界。」我想青就是我的領航員，她幫我繪製了世界地圖，讓我在這片地圖上築夢。最後，我想要感謝我的青，感謝我有機會愛上這樣一位作家。青是我的天空，讓我發現原來世界這麼大，我感覺自己是因為有你，所以才看到這個世界的全貌。

♪

失眠的夜

失眠的夜　讓人感覺孤單
不敢說的話　都往心裡藏

生命裡有好多　好多的遺憾
我只是想在人海裡找個伴

再見再見
我要迎向明天
無論前方路多遙遠
都會有我與你相隨

明天明天
幸福沒有期限

◀ 掃QRcode，在失眠的日子裡，一邊聽歌一邊看書

演　唱｜青（@163________________）

詞　曲｜青（@163________________）

音樂製作｜吳庭維

故事還在繼續
你還有我陪你一起

Baby
你不會再流淚
我們可以一起面對

♪

幸福是
自己可以決定的

大人說　糖果吃不飽
夢想　需要現實的麵包
可是我　想要的很少
我不需要　昂貴的包包
我不做　世上最快樂最富有的人
不需要　讓別人　相信自己是幸福的
也許　有一天我會有遺憾
但是妥協了　才是真的失去自己了
我擁有的很少

◀ 掃QRcode，在追求幸福的日子裡，一邊聽歌一邊看書

演　　唱｜青（@163________________）

詞　　曲｜青（@163________________）

音樂製作｜吳庭維

但是我很快樂
我知道　幸福
是自己可以決定的

我擁有的很少
但是我很快樂
我知道　孤獨
是自己給自己選的

妳很美麗，
因為妳有一雙能夠看見自己缺點的眼睛。

這個世界
從來都不需要由你去征服，
你能夠駕馭得了自己的一生，
不愧對任何人，就很了不起了。

你知道我身上有刺，
卻還是用力地與我相擁，
你明明也那麼脆弱、那麼害怕失去，
可是你選擇溫柔，
選擇告訴自己即便疼痛也沒關係。

有時候我不知道應該用什麼樣的語氣說話，

不知道該用什麼姿態面對人群，

我想要誠實，但卻更害怕受傷。

擁抱自己的碎片

沒有人可以一直看著記分板奔跑。我愛哭、不喜歡吃最後一口飯、膽小、說話的時候很大聲、常常自以為是、個性倔強、脾氣拗，這就是我的樣子。

我可以是我自己，可以哭泣、可以有遺憾、可以不完美。

長大之後我終於知道，快樂要自己給自己，再多的外在獎賞也比不上自己給自己的安慰和疼惜。

我其實沒有落後誰，也沒有真的失去。

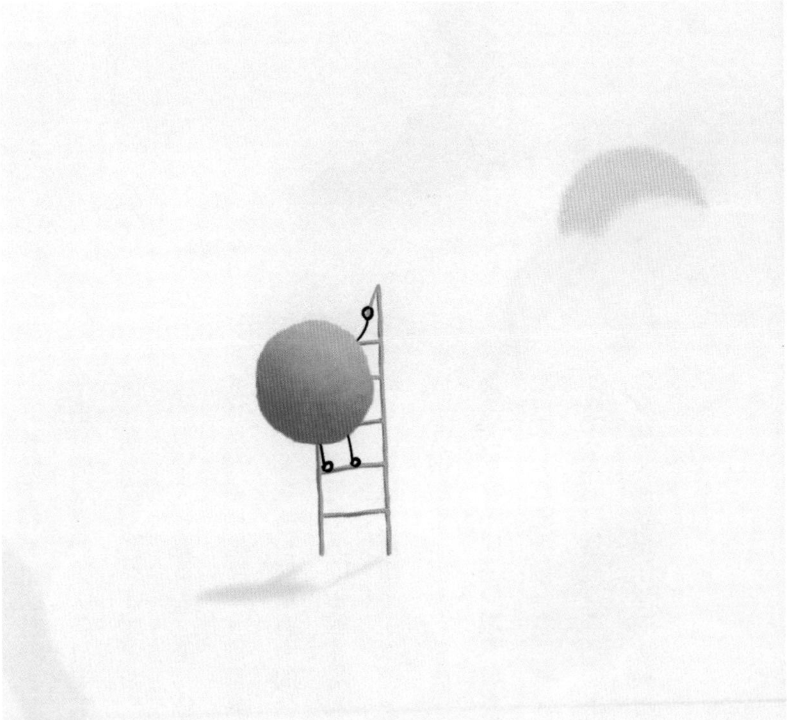

我想念我自己，想念那個孤僻但是自由的樣子

我從不輕易和朋友聊夢想，就像生日的第三個願望必須牢牢地藏在心裡，說了就不會實現。

似乎人只要長大之後，就會禮貌地迴避這兩個字，我們都太明白小時候那些喊得鏗鏘有力的信念是兒戲，現實生活的苦難才是人生。

因為過於沉重，所以把夢想變成一件很私密的事，它被放在口袋最深的地方，成為一顆不會輕易被拿出來分享的糖果，我們都深深地知道大人的口袋裡沒有那種東西，你無法和他談論任何的酸和甜，大

人說糖果吃不飽，人需要的是更實際的東西。

十七歲那年，我決心要追隨自己的心，即便在某些人眼裡看起來愚蠢，也仍忠於自己內心所愛，為它開出一條安穩的道路。

不為任何人的嘲諷而改變方向、不把別人的反對意見當作自己放棄的藉口，就這樣自私地離散於人群，開始了獨善其身的生活，好像必須這樣給孤獨一個名正言順的理由，才能孤執地前往那條沒有人與我同行的道路。

❖

我在青春正是盛開的年紀離家，一個人去遙遠的城市念書，雖然我並不是一個特別逃避或戀家的人，但是能夠擁有大把時間可以安排自己的生活，想起來還是特別興奮的。

我很早就想決定自己生命的方向，就像急欲知道自己來到這個世界的初衷那樣，一個追夢的人，不會祈求自己一路順遂，因為平坦的路到不了我想要的地方。

所以我總會幫自己找一個隱密而且舒適的空間，有時候那是一塊地，有時候是一個可以隨著身體移動的心靈空間。這是我一直以來到新環境的習慣，當我必須長久居住在一個空間裡面，我就會去找尋另一個屬於自己的地方，我叫它秘密基地，一個不需要被任何人拯救的小空間。

受傷的時候可以安心地躲進去裡面，不想聽到聲音的時候、不想讓別人看見自己的時候、不想對世界坦承的時候，有時候擁有一個孤獨的地方，只需要對自己照鏡子的時候，那讓我感覺安全。對一般人來說它可能是一個不起眼的廢墟，但卻是我可以得到快樂的溫暖洞穴。

當秘密基地被發現，我就會再去找尋下一個屬於我的空間，三樓的第一間琴房、學校廢棄的後花園、圖書館的經典藏書室。

因為不想再回去，於是一直往前走。

那些年我學會了很多東西，學會把所有的擁有都當作是自己的秘密，學會一個人蒐集糖果、一個人走路散步、一個人看著一群人、一個人自在地彈琴唱著歌、一個人窩在家裡寫日記、一個人搭公車出門。

有時候一群人看著我的眼神，顯得我很孤單，雖然不喜歡被別人這樣看著，但我的確是一個人，好像做自己是很需要勇氣的，需要安慰自己的不安、需要說服自己很勇敢。但無可否認的是，能夠自主地過上自己想要的生活、不用時時與人交談或維繫感情，對我來說還是更自在也更舒服的。只是只有自己能明白，孤獨是自己給自己選的。

記得小時候父親說，社交技能是比讀書還要更需要學習的事。很可惜，我更熱愛一個人生活，我習慣一個人在清晨冥想和閱讀、習慣一個人去校園跑步、習慣一個人在琴房練琴，我享受能夠比太陽更早起床、享受能在無人的校園裡擁抱大樹和閉著眼走路。

沒有人知道一個人走在校園裡的我有多麼快樂，有時候我會幻想自己是某個角色，扮演一個有一點點的孤獨、一點點自負的人，但是擁有世界上很重要很珍貴的東西，是只有自己和天知道的。

是不是人不會永遠是一個人？

生活並不是完全都能避開人群，人終究還是得要回到群體裡、學會與他人相處、學會溝通、學會處理摩擦。我沒有讓自己一直孤傲地處在自己的世界裡，或許是因為害怕被討厭吧，所以開始努力地融入那些看起來不屬於我的地方，既然逃不掉那麼就潛進去，我是這樣想的。

所以我學著讓自己看起來更活潑，模仿那些看起來有魅力的人是如何讓人喜歡的，或許我會嘲笑自己的膚淺，即便如此我仍會那麼做，因為我深深知道，除了孤獨的慾望，我也好希望能在人際關係裡得到愛與歸屬感，於是讓自己笑著、讓自己看起來好好的。

我時常這樣提醒自己：要對他人喜歡的話題有興趣，要關心他的近況和他今天的服裝，要假裝在意今天的好天氣。

有時候會覺得，以前只是不知道該如何和別人相處，現在似乎連自己也失去了，我討厭自己的矛盾，討厭自己布滿傷痕，有時候我不知道應該用什麼樣的語氣說話、不知道該用什麼姿態面對人群，我想要誠實，但卻更害怕受傷。

好像在成長的某一段過程中，是自己踩了空跌進一個深不見底的世界，因為離得太遙遠所以任何人都聽不見，是我選擇善良、選擇受傷，是我選擇一個人在洞穴裡。

父親的話，我大概是沒有聽進耳根子裡吧。

讀完大學後，我還是沒有學會如何交朋友。

長大之後人各奔西東，有些事情大家都忘了，忘了有人在黑洞裡、忘了口袋裡還有一顆糖果，可是你記得，正因為固執地想維護心中的執念，所以轉化了那些傷痛，努力地讓身體長出更強壯的筋骨，讓肌肉裡面的每一個細胞都有抵禦傷害的抗體，在那些年裡，你活出了新的樣子，有了新的面孔，因為討厭過去，所以把所有的單純都拿去交換了。

距離十七歲那樣的青春年華已經很遙遠了，到現在還時常會想念，想念那個四點起床、擁抱大樹、整天賴在琴房和圖書館、不喜歡接觸人群的自己。那樣孤獨的感覺讓我覺得自由，覺得世界還很大。

這些年我總是期待回去那樣輝煌的日子，好像總有一天那樣的自己還會回來，可惜沒有，時間過了就是過了，它永遠不會再回來。我想念我自己，想念那個孤僻但是自由的樣子。

長大之後，才懂得有些東西是要放在心裡的

我總是不知道該怎麼表達自己，不知道什麼話該說、什麼話不該說。

那天我陪H去參加一場企業說明會，基於擔心所以決定過去陪她看一看，那是一場進公司前的導覽說明。

我們開了很久的車終於到這家公司，是很高的大樓，她看起來很興奮，一眼就看到主管和旁邊的女員工們老早就在外頭等著迎接我們，主管看起來很年輕，而且有禮貌，他大略向我們介紹這間公司周

邊的商店，然後紳士地按住電梯門讓我們先進去，他進電梯的時候我看見他摸了兩個女員工的頭，看起來很俏皮，好像在表達某種與員工之間的友好或親密關係。

不知道H看見了沒，我只是驚訝地看著那兩位女員工，她們完全沒有說話，臉上也沒有表情。

我感覺這電梯太過擁擠，三十幾樓的等待時間讓我馬上聯想起那年我在火車上發生的那件事。當時我還是個學生，週末要坐火車回學校的路上，被一個奇怪的男人尾隨上車，從他的跟蹤、靠近、眼神都讓我覺得事情不太對勁，但我總因為不好意思而默不作聲，直到最後他對我下手。

就那一兩秒的時間，我覺得我的世界崩潰了。

雖然後來去了警局對他提出告訴，但有些陰影是一輩子的，不是走完法律程序心裡的傷就會好的。

那天專程來聽那位主管的企業說明會，我不知道看到前面那些動作之後，要怎麼專注地聽他講話，我按住自己的手指頭，告訴自己必須在這短短的幾小時內保持客觀和理性。

上樓後，他帶我們去一間很大的會議室，吩咐所有的員工都必須進來聽，還特意把會議室所有遮蔽光的落地窗簾都打開，由高處往下看的確很是壯觀，但很快地他就又請秘書再把簾子拉上，因為他要說話了。我看著他拿著白板筆快速寫了整面白板，嘴巴一直沒有停過，說的盡是那些關鍵的數字、錢怎麼算、怎麼致富，每一句話裡都是錢，我好像沒有聽到他說話。

後來，他很滿意地喝了口水坐下。在場都是他的員工，只有我看起來是那麼格格不入，在我旁邊的人都是刷刷地抄著密密麻麻的筆記，只有我安安靜靜地只是聽著看著。他點名我在大家面前說一點話、對他提出問題，他看著我說：「你有沒有什麼要替朋友問的，都可以。」

其實我心裡對他的專業一點都沒有想要再問的，只是心裡一直放著他摸了那兩個女員工的畫面。「我只說一件事，我知道你很照顧你的員工，但這樣隨意的觸碰她們，我覺得這讓人有點擔心。」我發著抖婉轉的說。

後來後面的所有時間，他幾乎都在回應我的發聲、用各種話語嘲笑我，說他不是沒有錢，有錢也不會找這種貨色之類的，印象最深刻的是他說：「貧窮限制了你的想像，等你賺到像我這樣的錢，就不會這麼問了。」

大概吧，我可能真的很不會說話。

回家的路上還心有餘悸，人都散了，但話卻重重地扎在心裡。這個社會教我們講話要看場合，有時候還必須要懂得虛偽和隱藏，我知道啊我知道，但沒有人知道當我決定說出來的時候，心裡必須多強壯，那樣的感覺就像是明明我們都知道應該做自己，但是當你在人群中看起來是那麼獨特的時候，心裡卻有一塊是害怕的。

也許這是為什麼從小寫日記的原因吧，我喜歡從報紙剪下文字和圖片，貼在自己的日記本裡重新安排版面，現在回頭看，日記裡沒有事件也沒有故事性，一點都不知道當時發生了什麼事，因為我寫最多最多的，是那些看起來有一點點憂鬱、一點點多愁善感的少女心情。

堅持寫日記不是一件容易的事，因為那不但需要有一個足夠安靜的時間和空間，還需要有一顆願意面對自己的心。

長大之後，我更常寫日記了，好像有太多心事要說，而且它們必須被壓縮在一張紙上，不能被輕易看見。

成為大人的我們，似乎越來越懂得沈默的技術，懂得沉澱和消化。有些話不會馬上說出來，有些東西知道要放在心裡，必要的時候才說重要的話。我也是一直這樣子練習的，我常常提醒自己要把知覺打開、感受這個世界、用心傾聽、說話的時候每一句話都必須是真實而且從心的。

所以每一次在新的場合做自我介紹的時候，我總會驕傲地介紹自己：「我的專長和興趣是寫日記。」聽起來好像很孩子氣，這算是哪門子的專長。就像那場企業說明會，你就應該說一些別人想聽的話啊，誰要你真的說出自己了。

是啊，我總是不知道該怎麼表達自己，不知道什麼話該說、什麼話不該說。但這就是我啊，我偏偏要在這個嚴苛薄情的世界裡，說一些愚蠢但保護真心的話。

擁抱每一個碎片，才讓自己變得整全

那天一個人走路回家，耳裡不斷迴旋著上一通剛講完的電話，好像還有什麼話沒說完，有一份重要的心意沒有被傳達而被隨意的擱著，我感覺自己的喉嚨被大量的填充物塞滿，那種暴力和窒息的感覺，讓我嗅到自己腐爛的綠色味道。

原來一個人的安靜是那麼可怕的，我看見自己像貓那樣沒有聲音的走路，看見自己在沒有開燈的房間裡跪下，那是長大之後第一次那麼大聲的哭泣，身體像住了另一個靈魂那樣用力嘶吼。

原來我有好多話想說，原來我的心裡好難過，原來我一直在等待自我分離和瓦解，那一刻我才終於明白：完美是不存在的。滿地的碎片割傷我漂亮的皮膚，鮮紅色的血液肆意地流淌在漆黑的空間裡，明明是要保護自己的，可是同一片玻璃卻先壓垮了自己。

我一直以為，只要築好了這道牆，我就可以永遠平安。

長大是很痛的，它逼迫你去面對一些事，要你在光滑的皮膚上長出更強壯的肌肉，用事件的堆疊在你的身體裡刻成新的紋理。「你看起來和以前不一樣了」一句這樣的話要付出多大的代價才能聽見，電話裡的聲音輕得讓薄成一片的心都碎了，沒有人知道這需要擁抱每一個碎片，才會讓自己變得整全。這世界上沒有人是完美的。

有時候 我 不喜歡自己

那天應了朋友的約，晚上九點的ＫＴＶ，包廂裡都是最好的朋友，沒有理由不去，沒有理由不一起同歡。那天晚上我用力地大笑，在每一個快要尷尬的時刻都填滿了聲音，彷彿大家的快樂都是自己的責任，我努力地讓別人開心，可是忽略了自己的壓抑。

曲終人散，每個用盡力氣嘶吼的靈魂都各自回家了，我躺在床上沒有開燈，眼淚一滴一滴地流到耳朵裡面，原來我不想聽別人唱歌，我不想要別人給我掌聲，我不自在，其實我笑不出來，覺得所有的歡樂都離我好遠，我和人永遠有一個無法突破的距離，即使人群和笑聲都那麼近。

有時候我不喜歡自己，不喜歡為了交朋友而刻意說一些自己不擅長的抱怨，不喜歡為了迎合別人而說出自己的秘密，不喜歡大聲說話為了讓別人能聽見自己的聲音，現在我知道了，不要迎合別人、不要討別人歡心，這些我都知道，要把目光重新放回自己身上。

於是那天回到家後，我努力要讓自己快樂，很認真地為自己做些什麼，打掃、摺衣服、寫日記，還有什麼漏掉了嗎，為什麼裡面沒有快樂，我沒有得到安慰，換來的卻是更多的無力感。

原來得到快樂和交朋友一樣，它不能被預期也不需要等待，不是笑了就會有朋友，不是做了什麼就會開心。或許有時候我們不必那麼用力生活，你要知道別人的快樂與自己無關、交朋友也不是拿全部的自己去交換、討厭自己是因為沒有看見自己真正的需要。我需要自己爛，需要自己不去洗澡不去刷牙，我需要躺在床上不開燈，需要眼淚一滴一滴地流到耳朵裡面，我知道此時此刻，這些是我需要的。

因為那麼柔軟，
所以能夠
融化任何堅硬的事

心悶的感覺就像小感冒一樣，頭會痛但還不至於燒，喉嚨會癢但也不至於去看醫生，常常因為這樣所以自作聰明的一直喝水，我說服自己喝水會排毒，只要多喝水就會好起來，毒素就會一一排出體外，我是這麼相信的，於是那天晚上，眼淚就這麼流了一整晚。

每一次在我睡覺的時候，小天使都會來幫我治病。我是有證據的，小時候不管受了什麼樣的傷，只要一覺醒來傷口就不痛了、血也不會再流了，小天使會在人們進入睡眠的時候默默地去治癒每一道傷口。

所以那天，我閉著眼，對著虛空的無名天使說：這次我知道我病得太重了，今天晚上也請麻煩你照顧我，我會乖乖進入睡眠的。可惜那段時間傷口撕裂得厲害，不是簡單流流淚、睡睡覺就會好的，小天使畢竟不是醫生，他還學不會止血，我知道我需要找一個人說說話，我是說找一個人、真正的說話，雖然我從不期待傷口有被縫補起來的一天。

▞

那年我鼓起勇氣，走進諮商室、找了心理醫生。我聽朋友說那裡可以說很多的話，他們不會把你的秘密說出去、不會檢討你的錯誤，你可以盡情地哭，沒有人會說不行。我知道我一定有很多很多話想說，所以我去了。並不是說身邊的朋友都不是人，也並不是說家人和情人都不是我所愛的，我只是想要逃到一個沒有人認識我的地方，因為渴望被安靜地聆聽，因為自私地不想要採納任何人的意見，因為想要不負責任、想要一個陌生人能讓我暢所欲言。

天知道每一次我踏進諮商室，都像個賊似地偷偷摸摸，好像悲傷是一件很心虛很丟人的事，如果你傷心，你就要藏起來。因為有尊嚴，所以不願意讓別人有機會用同情的眼光看自己。

我是那麼害怕被人看見我去那樣的地方，就像長大之後的我其實沒有改掉哭的習慣，它終究是個秘密，因為在大人的世界裡眼淚是不被允許的，它既矯情而且怯懦，人們更期待看到的是一個人能夠戰勝脆弱、堅強的那一面。可惜我沒有。

在二十幾次的諮商裡面，我才發現原來我對真正的自己是那麼地陌生，我以為我終於可以大聲咆哮、可以說一些粗俗的話，我以為我會對那位陌生人不禮貌然後得到開心。

沒有，沒有。我很安靜，沒有一個角色在那裡，那是我真正的樣子，我竟然不知道那是我需要的。每一次輪到我說話的時候，我總是很慢、很慢地讓句子拉長在整個空間裡，有時候甚至連一句話也沒有說，只是沉默、只是望著，我直視那雙與我對看的陌生眼睛，有時候他都哭了，我還是那麼冷靜。

當時我才明白，原來那是我的聲音，「安靜」是我想要表達的樣子，可以不用急著交代自己怎麼了、可以不用解釋為什麼心情不好。那樣說話的時候，我感覺我不是在對別人說話，我是在說給自己聽，以前我是那麼努力地在表達、那麼努力地要與這個世界有所連結、那麼努力地想成為自己嚮往的人，我每天都在說話，但是好像很少好好去聽自己說了哪些話，好像話永遠都是對別人說的，自己已經聽不見了。

人還是需要一個鏡子，才能看見自己吧。我不確定傷口是不是縫補起來了，不確定小天使是不是還是每個晚上都來，只是我終於開始學會傾聽自己的聲音，允許自己純粹地對人說話，不被任何人的期待干擾，說自己心裡想說的，安安靜靜的那種。

然後我也終於知道哭不是弱不禁風、知道柔弱是我力量的來源，因為那麼柔軟所以能夠融化任何堅硬的事、任何過不去的悲傷、任何巨大的生命的坎。我沒有改掉哭的習慣，我還是那麼努力地在每一滴眼淚裡尋找我能給我自己的溫暖。

老天爺不會給每個人一樣的禮物

我怕寂寞、怕無聊，怕自己閒來無事開始滑手機，我知道那些都是自己沒有那麼想看的限時動態，但還是去看了，好像是一種不得不的狀態，不得不去看、不得不去點開，想知道別人過得好不好，即使知道那些別人的近況都與自己無關。

他買了新的手機、她的工作看起來很棒、她結婚了、原來他們還有聯絡。別人過得真好，好像各自都在一個舒適的軌道上前進著，你看照片裡的人笑得多開心，比起躲在螢幕後面的自己有用多了。

我不喜歡這樣滑手機，不喜歡這樣窺看別人的生活，我討厭羨慕別人、討厭唾棄自己，明知道這些漂亮照片的背後，一定需要付出很大的努力，只是大家都沒有去提，我們都知道的，都知道人不是天生好命。我這樣說服自己。

人總是習慣把最好的那一面給別人看，傷心的事不說、辛苦的成分不提，網路世界好像都是先經過包裝才傳到自己的眼裡，我看不見最真實的東西，看不見那些努力的過程、看不見擁有這些需要多少的汗水換得。

如果把網路世界裡的完美都當真了，那就會處處看見自己的缺點，自己用的都是最簡陋的東西、只有自己會因為幾十塊錢比價很久、總是反覆地刪減自己發出去的炫耀文、顧慮得很多卻為自己想得很少、很在乎別人的眼光卻不在意自己的聲音⋯⋯後來才發現自己並不是一個很棒的人，即使那麼努力地生活了，怎麼比還是會比別人遜色，有時候也希望自己能讓人羨慕，希望別人看見自己的樣子，都是那麼美好的。

「自己的腳穿什麼鞋子最舒適，只有自己最清楚。」我想起父親有一次在開車的時候這樣對我說。原來像這樣的徬徨已經不是第一次，它會反覆地在人生的低谷出現，但也總會有一個人在你最失意的時候給你最關鍵的安慰。

父親當時告訴我：老天爺不會給每個人一樣的禮物，因為那不見得適合你。每個人適合的目標都不同，這世界上只有自己知道自己需要什麼，所以不要乞求老天爺給你你想要的，應該回頭問問自己是不是盡了全力、做到最好了。

的確，再怎麼告訴別人自己過得有多好，一輩子都是一樣長的。或許人真正的富足並不在於你擁有了哪些，而是在失去的時候人還能不能快樂，如果能在這個偌大的世界找到自己的所愛、找到一生奮鬥的原因，是不是其實生命已經非常幸福了。

原來這就是我，那麼渺小、那麼不甘平凡，總是這樣滑手機看別人的文章來檢討自己的生活，看起來有很多的缺陷，但仔細想想自己也是有優點的，很會替別人著想、很樂意幫助別人、一小件事情就會讓我用力地反省自己。現在的生活很好啊，雖然沒有賺很多的錢，但也沒有想要昂貴的包包，我追逐的願望是帶給人平安和快樂，我不需要做世界上最快樂、最富有的人，不需要靠發文來讓別人相信自己是幸福的。

有時候必須多走一些路，才能看見那些最簡單的東西。原來幸福是自己可以決定的，有些事情不一定要讓大家都明白，只要放在心裡自己知道就好，我知道我需要的是好好的把自己的每一天過好。

希望如果哪天被問起了，我能很滿足的說：我在自己的路上，一個人簡簡單單的，過著一種很平凡卻很知足的生活，雖然還沒有那麼喜歡自己，但是我接受這就是我的樣子。

原來，我害怕失去

小時候母親講了一個故事給我聽，是關於山裡的野獸吃孩子的故事。她說在很遠的一座山上，有一隻大型的野獸只有在夜晚的時候出沒，牠專門吃那些沒有乖乖睡覺的孩子。故事結束，我很認真地信了，它讓我知道黑夜是充滿危險的，天黑了就該回家，孩子不能在路燈下奔跑，躺在床上就要讓自己趕快休息。

閉上眼睛的時候，我就會看見巨獸的每一個沉重的腳步，我幻想那座山裡面的土壤既潮濕又黏膩，落葉腐爛的味道讓人一點也不敢呼吸，黑夜裡沒有燈，但我知道那隻巨獸的身體一定長著粗糙的皮膚保護自己。我發了瘋的想讓自己沉睡過去，這麼小的骨骼一點力量也沒有，我多麼害怕有一天自己會被找到。

即使後來長大了，每到夜晚的時候這個記憶就會再提醒我一次，對我來說那像是死亡一樣，我不想自投羅網，我必須找一個地方好好地躲藏。

所以我的房間到處都有小燈，每一個角落我都不希望它是暗的，就像開始學會愛一個人的時候，我不喜歡模模糊糊的關係，喜歡就是喜歡，透明一點，不要讓原本明瞭的關係掉到漆黑深不見底的地方去，我不想要因為看不見對方而胡思亂想，有時候人不敢往前踏一步，是因為不知道裡面有沒有危險吧，其實我們都害怕受傷。

我從來不把黑色的天空當作浪漫，總覺得看星星的時候不只是看著黑色畫布收納繁星，人面對的是所有失去、恐懼、脆弱與絕望的聚合，當人決定仰望星空的時候，就是把自己最私密的東西交出去了。

到現在我仍然害怕天黑，但我知道我不是不喜歡黑色，而是我害怕分離、害怕失去自己。母親說得對，在黑暗中自我會消融在虛無裡，它是那麼平等的連光也吸進去了。但我知道有時候我需要黑色，因為它能包容一切，能修補我身上撕裂的傷痕，只是我害怕，害怕自己連僅剩的孤獨也會跟著消失，如果黑夜吞噬了我的身體、我的腦與心，那麼還會留下什麼呢。

巨獸是一個溫柔的提醒，讓你提前做好在黑夜裡失去自己的準備，人必須擁抱這樣的黑，生命才得以喘息而能延續下去。

我要繼續往前走了

那天晚上心熱熱的，穩定的空氣讓我感覺很平靜而且充滿希望，我走到書桌前定坐下來，決定打開筆電將此刻的感覺詳實地記錄下來。

幾個小時過去，一下子打了幾千字的長文，那是我對過去的整理和對自己的告解。突然，就在那幾秒鐘的時間，我按錯了鍵，一下子全都消失了。我著急、錯愕、心裡一陣慌亂……怎麼能這樣不告而別，我還沒準備好要失去，還有那麼多的情緒放在那裡，都去哪了，如果終究會失去，那麼當初為什麼讓我擁有？

我恨它離開的時候是那樣無情，就連橡皮擦擦掉的時候都需要力氣，而你卻那麼輕，所有的東西在你眼裡都可以那麼輕易地結束。

即便再怎麼生氣，失去了就是失去了，你哭著喊著，它也不會回來。

並不是所有的失去都那麼讓人難以割捨，我想起生命中最有意義的一次失去，是在我高中和大學的那幾年。

小時候以為成績就是一切，只要能名列前茅，孤獨都是自願的。

我因為想要得到更多的掌聲、想要讓目光都聚在我身上，所以要求自己永遠維持在第一，我可以拿所有的自己去交換，我會廢寢忘食的念書、我會拒絕所有的玩樂、我會把自己關在房間裡一整天。

成績像是我手裡僅有的東西，我沒有其他的願望，只要能維護自己的名字一直在上面，做什麼我都願意。

那段時間的確是很快樂的，一個人努力了那麼久，等的就是一句所有人的恭喜，還有領那張只有自己名字的獎狀，是蠻快樂的，真的。但有多快樂，就有多空虛。

我必須假裝自己有多麼不在意名次、假裝自己是真的熱愛唸書，你可想像第一名的她原來是那麼地小心眼，那看起來有多愚蠢。所以我讓自己擺出一貫的姿態，用它來宣告這個名次是我應得的，那位子本來就該屬於我，誰也搶不到。

只是，我感覺自己失去了好多，我失去了快樂、失去了重拾書本的能力、失去了朋友、失去了自信、也失去了笑容。

每一次在公布成績的前夕，我都會偷偷地躲進自己的房間裡，從來都不會和大家一起期待排行榜的出爐，因為我害怕別人看見我的脆弱和恐懼，我感覺世界要我自己溺水，然後再拉我上岸。一次次，它為我冠上第一名的珠華，要我不斷地燃燒自己，那感覺像是它已經延續了你的動力，即使苟延殘喘你也願意繼續為它賣命。

我幻想過無數次自己失敗後的模樣，但就是放不下，也離不開。

我最大的救贖，是在我失去第一名的時候，我感覺自己的世界終於有了喘息的空間，原來我並不想要完美，我需要跌倒、需要碰撞，甚至需要失敗，才能再站起來。

如果終究會失去，那麼當初為什麼讓我擁有。

因為努力地往前爬是必須的、跌倒是必須的，失去也是。世界會不斷地用這樣的過程告訴你——失去了就是失去了，那又怎麼樣呢。

我看著自己刪掉的那張空白的稿子，心裡很是輕盈。我要繼續往前走了，那些不愉快的事就讓他留在過去好了，總不能一直帶著很重的悲傷前進吧，就像第一名的行李太重了，我可是要走到很遠很遠的地方去呢。

讓心事隨著時間老去
讓它枯萎、讓它凋謝
請你親手埋葬它
這樣心
才能再度開出花來

宇宙中的所有存在都只是借放

網路世界那麼遙遠，我以為只要把青春裝在巨大的盒子裡面，就永遠不會不見，可是那天我卻自己先遺失了那把鑰匙。

原來宇宙中的所有存在都只是借放，我根本不曾擁有過什麼，總有一天都會消失的，沒有永遠不破的杯子、沒有永遠不忘的記憶、沒有永遠不散的愛人。

只是如果所有的失去都能被預知，那麼人是不是就能免於疼痛，而可以笑著告別。

我想不起以前的密碼，想不起來通關密語裡自己曾經最愛的蔬菜，我忘了自己曾經幻想要和初戀情人第一次見面的地方。即使我說了「忘記密碼」，它還是要你記得其他的事，它相信你記得，它要你不能全部遺忘。

人怎麼能選擇記憶、怎麼能選擇不遺忘，如果可以我也想記得，想記得生命中所有的快樂，想記得所有不想失去的。

遺忘是不是生命給我們的巨大保護，它用時間當作清理傷口的慢性麻醉藥，讓你能一天度過一天，痛就隨之又減輕了一點。它為了讓你往前走，所以清理你的記憶，讓你可以重新開始，要你不要一直眷戀。

網路世界的盒子成為了我永遠的秘密，誰也打不開、沒有人會再進去了。在我遺忘的那一刻，那裡成為了一個真空的淨土，不為任何意義存在的地方。

過去的已經過去了，再怎麼遺憾也到不了原本的地方，可是還有那麼多的愛在那裡，要我怎麼收回來，怎麼能這麼輕易地結束。

生命中有太多的失去都讓人措手不及，好像再怎麼努力也喚不回那些注定要失去的。

我想起多年前那個灰色杯子墜落的時候也是那樣優雅，我想起我曾經深愛過的人，離開的時候也都是那樣地無聲。

明明回憶沒有重量也沒有聲音，可是壓在心上卻那麼重，回音那麼響。

你走了，走去很遠很遠的地方，我看不見你離開的背影，也聽不見你道別的聲音。

我一個人看著自己的狼狽，看著沈重的軀殼裡瀰漫著世紀般的荒蕪和空虛，任由悔恨和憤怒在裡面無限地輪迴，事情都過去了，我還是過不去，以為自悔能彌補些什麼，但有些東西不是拼湊了就能完整的。

如果我早一點知道杯子會碎裂一地、早一點知道他要離開、早一點知道自己會遺忘，是不是就能抵禦一些失去後所受的傷。

如果所有的失去都能被預知，那麼人是不是就能免於疼痛，而可以笑著告別。

如果今天的失去是昨天就寫好的、如果整個生命是一個厚厚的劇本……那麼我所看見的快樂和悲傷、獲得和失去就是一個巨大的投影，人生不過是一個布幕而已。

只是我很入戲地接受了所有的悲傷和失去，流了很多眼淚也受了很多傷。

到頭來，劇情還是劇情，我還是我自己，永遠沒有演不完的戲，執著與不執著，它都會離開。

你很美麗，
因為你有一雙能夠
看見自己缺點的眼睛

對不起，我不喜歡吵架，我一點也不想錯過你。

記得那天我們在擁擠的人潮裡大吼，我狂奔直衝馬路。你知道嗎，其實我並不勇敢，只是心很慌、想要逃跑，可是我知道無論去哪裡都會被找到。

我掛著無數眼淚在眾人面前嘶吼和哭泣，看起來像極了歇斯底里的瘋子，我不在乎披落在肩上的頭髮有多麼凌亂，就像你一點也不在乎我的眼淚。你的忽視讓我痛苦，我想讓你丟臉、想讓你受傷。

哭泣是我擅長的事，小時候我得不到想要的玩具、坐不到投幣馬車，我也是這樣哭得撕心裂肺，母親從不縱容我，總是讓我一個人在原地哭泣，我哭得越大聲，她就走得越遠。

「我永遠都不要再愛你了。」那天我說出了這輩子最後悔的一句話。

不過就是一碗牛肉湯麵，為什麼你就是不幫我喝，這不是一件很難的事，為什麼要這樣折磨彼此。

你就像從前那樣讓著我就好，不行嗎。「對不起，我真的不想。」你說。

也許這並不是真正的原因，我知道你需要我的退讓，但我卻從來不曾那麼做。

那是你第一次吼我，第一次那麼用力地抓住我的手，這不是我認識你的樣子，這才是真正的你嗎？

我其實要的不是那碗牛肉湯麵、不是小時候的玩具、不是投幣馬車，我需要你回頭看看我——我在這，痛著、哭著、吼著，你可曾看見。你看也不看一眼。

我蹲在馬路中央，心都碎了，我知道自己不配擁有任何一切、知道自己不被愛、知道你終究不屬於我，我早就知道是這樣子了。

於是我橫衝直撞、把你的手甩開無數次，我要去衝撞那個最危險地方，我還有什麼好怕的，我都要失去你了。

那天你陪我在蹲在馬路邊哭了好久，即便你已經道歉了，我還是不想離開。我的固執是因為我還過不去，是我自己過不去、是我心情不好、我想要大叫。任誰都看得出來這樣的情緒其實跟牛肉湯麵無關。

後來天太黑了，店都打烊了，人潮都散了，路上看不見一台會動的車子。我看見你慢動作地蹲下來，用你的雙手一次又一次擦去我臉頰上的淚痕，你問我回家好嗎。

你說得對，不是所有人都應該聽我的。我終於看見自己沒有及格的功課，也終於看見你心裡的傷。

回家的時候，你像從前那樣牽著我的手，我的眼淚都哭乾了，紅腫的手也幾乎消退了，安安靜靜的兩個靈魂是那麼渴望相融在一起，我們是那麼期待能被對方看見，那麼希望能聽見彼此的聲音。

「我永遠都不要再愛你了。」明明話是對著你說的，可是我卻割傷了自己。我終於知道這個世界上從來都沒有別人，人人都是自己的影子，所有的情緒最後都會回歸到自己身上。

我擁著他說對不起。

對不起我總是無意識的做自己。我沒有看見自己的膨脹、愛慕虛榮、咄咄逼人的樣子，我永遠都在檢討別人，而沒有將反省的眼光看向自己。

「你很美麗，因為你有一雙能夠看見自己缺點的眼睛。」你把我環進你的懷裡，很輕地在我耳邊說話。

為什麼你可以那麼溫柔、那麼安靜，你知道我身上有刺，卻還是用力地與我相擁，你可以當作事情從來沒有發生過、你可以原諒我、可以給我機會、可以給我任何我想要的。

明明你也那麼脆弱、那麼害怕失去，可是你卻選擇溫柔、選擇告訴自己即使疼痛也沒有關係。

我知道我這輩子都不會和你道別，所以我發誓我會練習在看見你之前先看見自己，在每一次說話和行動的時候都更覺知一點，不會再因為無知和任性而辜負任何的深情和善意。

我愛你，謝謝你能在人群中拾起這樣碎片般的我，謝謝你願意擁抱我的傷心，是你讓我相信宇宙裡有兩個東西是沒有盡頭的。

——你的愛和包容。

我在凌晨三點半與自己和解

人一生犯過的錯，是不是都會被記得。

那些曾經背地裡說過的壞話、藏在心裡的起心動念、一個惡意眼神，我不知道誰記得了，但我記得，都記得的。

那天凌晨三點半，夜很黑、心很靜，聽得到夜晚的鳥啼。像這樣的夜晚裡，我和聲音是融在一起的，還有房間、外面的樹木、無垠的夜空。

明明我還不夠強壯，可是我知道有什麼重要的東西就要出來了，我感覺自己就快消失，好像沒有人可以保護我。

月亮總是這樣無聲無息地把人們的心事引出來，把那些埋得很裡面的、以為消失的過去，一一地找回來。

夜晚的寧靜常常是漫長地令人不安，平穩的呼吸和閉上的雙眼都無法讓有心事的人入睡，有時候太過安靜會讓心裡的雜音特別刺耳。

我害怕要一個人度過黑夜，我不想去看那些不完美的部分，明明我還沒有準備好要面對自己，還沒有想要看見自己真正的樣子。

好不容易收在心裡的，怎麼可以就這麼輕易地被翻攪出來。

想起小時候和父親吵架，我鬧彆扭不想回家，於是就一直蹲在大賣場嚎啕哭泣，父親覺得我不可理喻，轉頭就自己回去了。

我聽見那台熟悉的機車引擎聲逐漸離我遠去，直到我再也聽不見。那時候周遭的聲音安靜得可以聽得見自己心噗通噗通跳的聲音。我終於被丟下了，原來是這種感覺。

我一個人蹲在那裡，把頭埋起來，把自己縮得很小很小，也把心藏在很深很深的地方。

即便他走了，我仍然在原地堅持自己的脾氣是對的——大人不可以因為自己是大人就隨意跟小孩開玩笑。

我把剛剛和父親對話的句子都拿出來反覆檢查，我確定自己沒有錯，於是就這樣一直在原地等著。

我用手臂環抱著我拱起的雙腿，把頭重重地壓在膝蓋上面，來來去去的人潮我都看見了，我躲在自己的縫隙底下偷看，誰停留了、誰靠近了我都知道。

雖然生氣，但我心裡其實期待這些腳裡面，有一雙能是我父親的。

我明明知道那是玩笑，但卻刻意當真，我只是想用這樣的無理取鬧告訴大人——我的心雖然很小，但也同你一樣會受傷。

事情都過去那麼久了，為什麼就是經常想起它。好像過去的那些傷心事一直都在、不會隨著時間消失，人們刻意的把傷心的洞穴看得很小，假裝那裡已經不痛了。

那天凌晨三點半，夜很黑、心很靜，聽得到夜晚的鳥啼。我沒有排斥這樣的狀態降臨在身上，我看見過去的自己來到我面前。

我看見後來的自己被生氣的父親帶回去、看見自己在書桌上吊著眼淚寫五百字悔過書、看見父親好幾天都不跟我說話、看見母親跟我說父親其實很傷心。

月亮把我交給一整片夜空，我在這樣巨大溫柔的夜晚裡聽見自己的所有罪狀，沒有斥責，也沒有懲罰，只是讓我看著，但是心裡面卻升起了深深地懺悔，我終於承認父親的心痛，終於願意去看見了。

事隔多年，眼淚竟然還是流出來了，原來我沒有忘記自己錯了，我一直都知道自己讓別人受傷了。

原來我為了讓自己不痛，我在未來的每一個日子裡拚命的練習遺忘。

人一生犯過的錯，都會被記得的。只有當人願意直視它、原諒它、相信它的時候，才會從每一次的苦難裡走出來。

謝謝夜晚是那麼安靜地願意包容我的心事、包容我心裡所有的雜音，謝謝黑夜是那樣巨大和漫長，讓我可以和過去的自己和解，讓我能在這裡原諒自己。

被愛不是一種獎勵，你本來就值得

小時候被愛的那個人，不都需要付出很大的代價嗎。

你必須聽話、安靜、不哭不吵也不鬧、自動自發寫功課，如此才能得到獎賞和溺愛。

愛一直都是有條件的，不是嗎？

我從來都不是那個最優秀的小孩，我會因為害怕被罵而說謊、我會偷拿別人的鉛筆盒、我常常頂嘴、我總是哭得太大聲。

我完全地明白自己不值得被愛的理由，因為我不是乖小孩，因為我的心裡還那麼地野、那麼地不甘。

我常常在最喜歡自己的時候討厭自己，不知道是什麼原因，只要自己得到幸福、感覺滿足的時候，就覺得再也沒有巔峰了。

好像快樂是有盡頭的，無論走到哪裡，最後都會無限下墜。

原來得到第一名沒有那麼快樂，原來擁有眾人的目光其實不那麼美好，原來戀愛仍然會讓人感覺孤單。有時候我並不知道自己在渴望什麼樣的東西、不知道是什麼力量驅使我前進和追求的。

但我知道如果我所有的動力都來自那盲目的欲望，有一天我終將墜落。

所以我討厭自己那樣追尋，追尋身外的名譽、追尋內心燃起的欲望，我感覺自己像是貪得無厭的餓鬼，不得不讓自己去追，我知道我是自願跳入火坑裡的。

因此我總是在得到某些東西之後，再用力地譴責那樣骯髒的自己。

初次戀愛的時候，我總是不由得把我深愛的他推開，好不容易找到一個與自己那麼相像的存在，卻好像詛咒自己那樣，這輩子注定就是要錯過幸福。

我的心裡有強烈的自卑感，覺得自己不夠美麗、不夠聰明、不值得擁有這麼多愛。

甜膩的幸福讓我感覺像是在犯罪，我會不斷地在腦海裡想起自己曾經是那麼孤獨的樣子，想起以前和人吵架的時候並沒有那麼溫柔。

我找不到自己值得被愛的理由，心裡的刺痛不斷提醒著我——我其實沒有那麼好，我怎麼能快樂。

我好像一點也不值得擁有。

即使長大後我怎麼努力地想彌補、想讓自己成為一個人見人愛的女孩，仍然覺得自己是失敗的，即便得到了全世界給我的愛，我也感覺像是失去了。

「你為什麼愛我？」這個問題我問了八年。

但我仍然要問，我哪裡值得被愛、哪裡做對了能讓你這樣喜歡，彷彿我一點也不相信這世界上真的有愛情。

我的心裡永遠有個失落的地方，是任何東西、任何重要的人都填不滿的。

棉木先生第一百零七次告訴我：「無論你叫什麼名字、做了什麼事，都不會改變你本身就是有價值的。」

他要我知道——你值得被愛，不是因為你是誰，而是你本來就值得。

我們都想成為那個最好的，想要得到關注、更符合別人的期待，於是把自己的「最好」交給別人來定義，然後再以這樣的標準去對待自己：他喜歡的你就是好的，他不喜歡的你就應該丟掉。

因為這樣，所以我們無論得到了什麼都會感覺空虛，因為我們以為自己想要的東西，在別人那裡。

原來討厭自己，是因為我總是用別人的眼睛看待自己。看到別人擁有的，我就看見自己的失去。

當我把所有的追求都重新回到自己身上，我就感覺自己再也不需要滿足任何人的眼光、也不用因為沒有人看見自己而感到悲傷，我可以依著自己的腳步去到自己想去的地方。

沒有人可以一直看著記分板奔跑。我愛哭、不喜歡吃最後一口飯、膽小、說話的時候很大聲、常常自以為是、個性倔強、脾氣拗，這就是我的樣子。

我可以是我自己，可以哭泣、可以有遺憾、可以不完美。長大之後我終於知道，快樂要自己給自己，再多的外在獎賞也比不上自己給自己的安慰和疼惜。

我其實沒有落後誰，也沒有真的失去。

我已經擁有了所有最美好的東西，生命本身就是一種贈禮，它完整地不需要你的任何回饋；被愛也從來都不是一種獎勵，是因為你本來就值得。

你有能力為自己驅逐黑暗

我回想起自己青春最燦爛的年華，是一個人與書和音樂共度的時光，也許因為沒有過過別的人生，所以一點也不覺得遺憾。

只是大夥兒相聚的時候，自己顯得孤單一些，有時候我會因為沒有共通話題而沉默，因為我沒有去那場跨年煙火、沒有去逛夜市吃宵夜、沒有和大家一起共患難熬夜讀書。

我沒有與他們的共同記憶，我的青春裡只有我自己。

學生時期的那段日子，我有意

識地讓自己完全地與人隔絕，必要的時候才交談，與其說生活安靜地沒有任何人來打擾，不如說大家其實都各自成群了，只剩我和自己在一起。

記得最一開始不是這樣的。剛進宿舍的第一年，我急著和大家交朋友，總是面帶笑容說話、任何聚會也從來不會缺席，大家都知道我活潑過了頭，說我是名符其實的開心果。

我不斷地追逐更多人給我的愛，我以為這樣就算是交朋友了。

某一天，我和室友回寢室的路上，我們聊了很多住校的種種不習慣，她說了她的抱怨，我也說了我的。話說得很快，兩人嘻嘻哈哈的，話題一下子就過去了。

我以為這樣的誠實能讓我得到一個知心的朋友，後來反而失去更多。

我的秘密一下子傳開了，整個寢室都知道我說的那句話：「大家都好不上進。」我的確這麼說。我說我不習慣大家這麼晚了還在打遊戲，入學前我以為大家都很愛看書。

後來，再也沒有人和我說話了，連我最信任的室友也是。他們對我說的任何話都是用傳的，其實房間那麼小，不用傳我也聽得到。她們也知道的吧。

「今天晚上，她必須跟我們道歉。」這句話被重複了七次，我是第八個聽到的人。

我還記得那天晚上我在浴室裡哭著洗澡，感覺自己就像身上的泡泡一樣，不值得被留下來，我好希望我碎落一地的心也能隨著排水孔流出去。

不會有比這個更痛的了。

洗完澡後，沒有什麼事情能再讓我拖延的了，於是在全員到齊的八個人的寢室裡劃破寧靜，我說出人生中第一句對朋友的道歉。才第一句話，我就哽咽地快發不出聲音。

我在一群女生面前掉眼淚，低著頭承認自己的錯誤，我是那麼樣的無助、那麼樣的後悔，我一點也不敢面對這些我曾經指責過的人，但我知道我必須在這裡狠狠地痛過，才能再繼續走下去。

那天之後，我深深地知道什麼叫同理心。「每個人都走在自己的路上，我不應該用自己的眼光去評斷他人的方向。」那是我最後和大家說的話，也是日後的每一天，我對自己的警語。

是那一次在人際關係裡跌倒之後，我才真的看清楚自己的狂妄、自大和傲慢，以前總想著自己要去改造世界，後來才發現我連維護自己心裡的小小信念也做不到。

後來的每一天，我選擇柔弱地過生活，一個人安安靜靜的，與誰都無爭。

即使有再傷心的事，我也都不願意告訴別人。

我相信自己能走過這一切，因為曾經那樣失敗過、那樣被丟棄，我知道要如何拾起靈魂的碎片，知道如何拼湊自己才能再重獲新生，我知道我能帶自己走出來、我有能力為自己驅逐黑暗。

也許我再也無法相信別人，但我終於知道我不需要擁有太多，再也不用假裝快樂來討他人歡心。

我終於不會再因為害怕失去，而委屈自己。

我知道太積極的愛會腐蝕一切，這個世界從來都不需要由你去征服，你能夠駕馭得了自己的一生、不愧對任何人，就很了不起了。

然而真正的愛，是不需要用秘密去交換的。

我讓自己盡可能地把日子過好、不成為他人的錯誤、不影響他人的人生。我背對著世界，在自己的青春裡築起高牆、成為自己的孤島，我學會在寒冷的冬日裡自己取暖，學會在憂鬱黯淡的時候照顧自己，我學會一個人受傷、一個人堅強，學會無論快樂，無論悲傷，都與自己站在一起、不離不棄。

也許大夥兒相聚的時候，自己顯得孤單一些，但因為沒有過過別的人生，所以一點也不覺得遺憾。

我試著在節儉與舒適裡找到自己的平衡，
我終於懂得善待自己，
不過度的節制，但也不至於浪費。

我喜歡在每一次重新整理的過程裡，
去觀察最近自己內心的健康狀態。
檢視自己生活裡哪些是必須、哪些是擔心，
哪些可以捨去、哪些是我珍惜的。

我喜歡這樣勞動中的身體，

它讓我有更多機會去察覺和自省，

讓我能一點一點的把許多稜角磨得更細緻更圓滑。

或許斷捨離的真正意涵，是要我能從這些物品裡直接地看見自己。看看自己都抓住了什麼、選擇捨棄什麼，我抓住的或許不僅是表面看上去的物品而已，更多的可能是成見、價值觀，或更深層的欲望。

當我更深一層地去看那些甘願捨去的部分，我知道那是一個自我回歸的過程，我能不再向外尋求或推諉，能把重心放回自己身上，無論外在世界如何的變化，都打擾不了內在的自己。

捨得，捨不得

善待自己

那天在電話裡，棉木先生說剛剛和他的父親聊到我，說關於節儉這件事。

我急忙問他都說了些什麼。「說你以前住宿舍捨不得開冷氣、自己手洗衣服那些事呀……這是件好事啊。」聽到他這麼和別人討論這些，實在怪害羞的。

對我來說生活中的節儉習慣，是一件很私密的事，不是什麼溫良恭儉讓的行為，說穿了我只是想省錢。

我從高中就離家去外地念書，一去就是九年，父母從來沒有讓我擔心學費和生活費的問題，總是在電話裡說：「你好好學習，其他的事都不用擔心。」

我知道他們把最好的留給我，家裡天氣熱的時候一定捨不得開冷氣，大節日也會自己煮飯不會去外面用餐。

但他們卻總是問我「錢夠不夠？」、「冬天的被子夠暖嗎？」、「要不要再寄一點錢給你？」他們說吃飯的錢不要省、熱的時候就要開冷氣、多多和朋友出去玩。

離家的第一年我就告訴我自己：我必須好好學習、用功努力，我要珍惜我能擁有的這一切，這是父母用他們的汗水換來的，以後我必須加倍還給他們才行。

那些年我才真的學會自己煮飯，每個禮拜一我都會早起到菜市場買菜，因為我發現那比外食更便宜。不想煮飯的時候，就走路去吃那家離學校最遠的自助餐，老闆對我很好，總是幫我加菜不跟我算錢。

還有我常常因為省錢不想開冷氣，於是都在圖書館念完書才回家。

因為這樣的節儉，讓我開始對身邊的每一項物品有了更深刻的連結，手洗衣物讓我知道衣服與身體之間的親密關係，讓我每一次再穿上這件衣服的時候，都能有一種特殊的神聖情感。

我感覺任何物品都能賜予我這樣的能量，我的勞動賦予了這些東西不凡的意義和價值。

簡樸的生活對我來說，像是一場修練，對待物品就像是在對待自己的心一樣，越是懂得珍惜和感恩，生活起來就越覺得踏實。

只是和棉木先生談戀愛後，那簡直是兩個不同的世界。

他是一個注重生活品質的人，是一個懂得享受、善待自己的人。像是天氣悶熱的時候，他會毫不猶豫地開冷氣；買東西的時候不太會比價，也從來不殺價，他說時間和人情都比金錢要更可貴。

還有，他知道我喜歡吃甘蔗，每一次他開車經過攤販，都一定會買幾包給我吃。雖然我總是告訴他，不用因為讓我開心而有這些花費。

我是一個害怕享受的人。

有時候難得吃了貴一點的火鍋，就覺得沒能和家人一起享用而覺得愧於父母；新的東西會一直放著捨不得馬上拿來用；冷氣只有到最熱的時候才會打開；購物車裡的東西也從來不會結帳。

總是這樣，覺得只要遠遠地看著就很足夠了。

節制與自律的生活的確讓我感覺快樂，它讓我開始懂得計算時間和金錢，知道一個禮拜該買多少的菜、需要花多少的錢，哪些菜容易壞、哪些容易存放，也懂得減少自己的物質需求，把金錢和心力花在真正需要的地方。

但節儉不應該只是算計，不應該拿自己的標準去要求別人、不是要你變得不大方。

記得和棉木先生交往的頭幾年，我們一直在試著適應彼此的價值觀。他總想著要買新衣服給我穿、想幫我換上一張更舒服的記憶床。他想給我更好的物質生活，我卻唸他浪費，而我什麼禮物也沒有贈與他，只是一直接收他的心意，一方面還責備他使用金錢的習慣。

有時候我其實討厭這樣的自己。

記得有一天寒流來，大家都躲在屋子裡不敢出來，棉木先生下了班回家後打了一通電話給我，說他要再出門，我問他去哪裡，他說：「外面風雨很大，那些街友肯定冷又沒飯吃。我去買點東西馬上就回來。」說完他就掛了電話自己去了。

他從領錢、買暖暖包、發給街友，到他發現還有更多的街友需要，於是又再去領錢、再去買暖暖包、再去發給街友。

當我發現他願意「捨」，不全然只是為了自己的時候，我才忽然發覺自己的節儉竟然不知不覺地成為了吝嗇的小氣鬼。

我和棉木先生一起生活的這幾年，往前走的過程中彼此磨合了不少，我開始漸漸懂得轉換使用金錢的心態，把自己的快樂和欲望也納進自已的需求裡面。

我不再總是買最便宜的肥皂和衛生紙，而是試著選擇買品質好一點點、但可以使用很久而且是我喜歡的物品。

我會在感覺天氣悶熱或煩躁的時候，把冷氣調整在自己喜歡的溫度，覺得滿足的時候再關掉冷氣。

心情不好的時候，不強迫自己一定要煮飯，吃火鍋偶爾配一杯珍珠奶茶，也是可以的。

我試著在節儉與舒適裡找到自己的平衡，我終於懂得善待自己，不過度的節制，但也不至於浪費。

我終於知道父母真正的祝願是我能吃飽睡好、寒冬裡有溫暖、夏夜裡至少有涼爽；知道要把自己照顧得完善，才有能力把自己最好的東西施捨給別人；知道我必須讓自己感覺真正的快樂，我才能很健康的走長遠的路。

我知道當我更懂得享受生活、不強迫自己克制欲望時，便不會那麼嚴苛的對待自己，也不會以那樣子的銳利眼光審視別人，我會因為也想將那樣的美好帶給別人，而更願意付出自己和甘願捨去。

當你
愛一個人的時候，
就會明白的

「你能為我們寫一封信嗎？什麼都好，只是想收到你的一張卡片。」房東先生說。

從高中離家念書之後，我一直是一個租屋生，對於一個家的形貌，從高中、大學、研究所一直到現在，仍然不斷地改變也持續摸索著。

有時候一個人就是家、有時候家的溫暖可能來自另一個不屬於你的家庭給你的。

念研究所的那段時間，我住在學校對面一棟四樓房的家宅裡，我住的是那戶人家頂樓加蓋的鐵皮屋，對我來說那是離學校最近的地方了。

當時我的代步工具只有雙腳和公車，在外地買一台摩托車對一個窮學生來說還是太貴了。也因為我去的地方通常不會太遠，不外乎就是家和圖書館，哪裡便利哪裡就是我的家。

我不在意房子是否老舊、鄰居是否敦親睦鄰，反正我就是一個人，來來去去的，時間到了我就離開了。這個道理在我搬了五次家後，有著深刻地體會和明白。

那時候房東先生和房東太太已經七十多歲，這一家人姓謝，我也姓謝，如此剛好、簡單的原因在我們第一次見面的時候，兩個完全陌生的情感就這樣牽在一起了。

那幾年他們待我如自己的孫女，每次房東太太煮了水餃、弄了滷味就會叫我一塊兒下來吃，不分節日；房東先生愛攝影也愛喝茶，我常常是在他們家品茶的時候，不知不覺就多了幾張沙龍照。

他們的確在我念研究所的那段日子，照顧我許多。

只是不知道為什麼，明明我的心裡有很多的感謝、離開的時候不捨也是有的，但是我卻遲遲沒有下筆寫那封信。兩年了，放在心裡一直覺得是個虧欠。

這樣的虧欠，不只是對於房東一家，我感覺到更多的虧欠是我愧於自己的家人，我的父母和我的妹妹。

從來沒有說出這些話，每一次當我感覺快樂的時候，我的心裡就會升起悲傷；每一次覺得自己被幸福充滿的時候，我就覺得自己是一個叛徒。於是常常無預警地撥電話回家，問他們是不是都好。

不知道那是一個什麼樣的情緒，好像只要我越快樂，我就會越覺得羞愧，覺得自己不應該獨自擁有這些。

以前珍珠奶茶是一家人分著喝完的，以前打撲克牌是父親從零開始教我們兩姊妹的，以前的快樂都是和家人分享的。家人是我最親、也最愛的人，可是長大離家之後，我的快樂卻不再只有他們。

父親愛我，每次回家的時候，他都會塞錢給我要我多和朋友出去玩、要我買自己喜歡的東西回家，他說不要為他省錢，他喜歡看到我快樂。

母親也愛我，明明一個按鍵就可以撥通電話，可是她害怕自己的問候會成為我的負擔，於是她學會在不熟悉的鍵盤上，緩慢地敲打著對自己女兒的關心，然後再耐心地等待兒女們遲來的回音。

妹妹與我相差兩歲，從小我們就愛吵架、愛爭寵、愛計較公平與不公平。雖然如此，每當我在外面遇到年紀比我輕一點的女生，我就忍不住會想起家裡的妹妹，於是我不敢與她們太過靠近，感覺如果我與她們要好，或讓她們開心了，我就怕自己忘了自己曾經是讓你如此傷心難過的人。

好像我越愛他人，我的心裡就越清楚自己辜負了誰。

「你覺得我們這樣離家，算不算是一種不孝？」有一天我這樣問棉木先生，那時候他剛把車停好，我們從停車場要走路回我們的家。

在我研究所畢業之後，我和棉木先生就迫不及待的想住在一起，想趕快結束這段遙遠了七年的距離。於是，找工作的時候，我毫不猶豫地選擇了他那裡的城市。

那一刻我才明白，原來高中那年的搬家，就是我最後一次與自己的家告別了。

記得那時候我還想著，畢業後就可以再回來住了，我喜歡我的床和書桌，還有好多小時候的東西在這裡，不需要一下子通通帶走。那時候怎麼也不覺得一家人在同一個屋子裡是難得的，不覺得聽見家人喊一聲「我回來了」的聲音是一種幸福。

母親是一位英文老師，也是文具店的老闆娘；她是兩個孩子的媽，也是一個家庭最重要的支柱。在我有記憶以來，她從不讓我們外食，我們的三餐都出自她手，為了讓孩子們愛上自己煮的菜，二十幾年來她的菜色豐富多變，即使是家常菜，她也總是用不同的配料和擺盤，來刷新我們對於食物的印象，增加食物在舌尖上的愉悅感。

母親料理食物背後的用心和仔細，被這樣日復一日的工作慣習，和我們習以為常拾獲的享受給遺忘了。小時候看不見一碗絲瓜麵線的來處，直到當我想在租屋處煮一碗麵的時候，才發現絲瓜長這個樣，才知道原來每一條絲瓜都是要削皮的。

母親每天都這樣準備四人份的早餐、中餐，還有晚餐，回想起來母親做飯的時候都是這樣笑瞇瞇的，端湯的時候也從來不需要隔熱手套，三十幾年的廚房功夫練就她不怕燙的鐵沙掌，然而只要我們隨口誇她幾句好吃，就可以使她忘記這些年來的辛勞。

記得有一次聊天中，她曾經慎重地對我說：「母親是一個很重要的角色，她開心，家庭就會和樂。一個家的運轉是跟著母親的心走的。」在她說話的語氣裡，我感覺她是多麼榮幸自己能成為一位母親，我聽見她在這樣的角色裡有著對於責任的認同和甘願，好像一點也不覺得可惜自己失去了或浪費了什麼。

我從來也不想成為媽媽，先不論生產的皮肉之痛，光是孩子從小到大的伙食費就是一大筆永久的開銷，更何況每位父母都重視孩子的教育，只要能讓孩子有更好的學習經驗，父母往往都不惜一切代價的栽培。想到這裡，就覺得自己大概沒有這麼偉大，我還不夠格為人母親。

許多次我問母親，為什麼這樣把我生下來、為什麼願意讓我花你的錢、為什麼甘願這樣捨去。我感覺自己問了一個愚蠢但現實的問題，我知道母親愛我，但我從來不知道這些愛是從哪裡來的。

母親說：「當你愛一個人的時候，就會明白的。你會想為他生一個屬於你們的愛的結晶。」我的出生，是母親帶著很大的期盼來的，當時她身體的不孕和流產都沒有使她絕望，即便在最後生產的過程中多次讓她陷入生命危機，我再問她一次，她還是說她願意，她可以再經歷一次這樣的痛，因為愛能使一個人堅強。

她說，她是如此深愛著我們的。

說到底還是因為愛，那份無以名狀、自古以來在人們血液裡流竄的巨大的愛，可以抵抗、衝破任何的不可能，讓一個人即使承受了不可計量的疼痛，仍然願意堅持這樣的選擇。

我記得外婆去世的那天，是我第一次看見母親脆弱的樣子。她把自己哭得像個孩子，我都忘了她也是一個女孩，她有她的母親，她也愛著自己的家庭。也許在她組建自己另一個新的家庭的時候，心裡一定也存在著很多的捨不得吧。

父親無法體會女人的痛，但是他卻是這一切事件的當事者，他最明白什麼是失去、什麼是獲得，經歷著所有劃在心上的痛，外表卻毫髮無傷，他必須不動聲色的在每一次經濟危機的時候扛起這個家，他一直是我們的英雄，一個默默出征、看不見眼淚的英雄。

父親的個性如我一樣愛好安靜，是我遺傳他的。我們連看書這點也像，聽說他在學生時期就常窩在宿舍裡看小說，可以連續七天都不出門。父親雖然不像母親這樣貼心，但是在每一次和他吵完架後，他還是會默默地牽起我的手，用他掌心的溫度和手指握著我手的力度來告訴我：沒事了，爸爸還愛你呢。

記得高中那年，每一次我坐車要去學校的時候，他都放不下心。總是堅持要送我到車站那裡，看我上車才安心。有時候那段距離是挺尷尬的，我看著站在對面車道上的他，兩手往背後交叉那樣子目送我，隔著車窗我們都聽不見彼此的聲音，有時候我眼眶都濕了，他還會在遠處揮揮手、替我拍照。

以前仗著父親疼我，對他說話都不怎麼禮貌，有時候連手也不給他牽，那段時間父親不會特別說什麼，只是安安靜靜地與我保持距離，他會在我需要他的時候出現，平時沒有多餘的打擾。

現在每每回想到那樣的畫面，都會讓我掩面痛哭，我恨自己當時那麼無知地讓他傷心難過，恨自己一點也沒有察覺到父親的憂愁。如果他早點告訴我他身上的壓力、讓我看見他辛苦的樣子，也許就不會有那些誤解，不會以為他只想賺錢，而總是對我漠不關心。

只可惜那些恍然大悟都是長大後的事了。好想知道他當時有沒有受傷，想知道在沒有人可以給他擁抱的時候，他是怎麼把這一段熬過去的。

長大之後，我在異地時常想撥電話給父親，我把這樣遠遠地關心當作是一種對過去的告解和懺悔，彌補兒時來不及做好的撒嬌和貼心。電話裡說的都是一些平常的事，有沒有吃飽、有沒有穿暖、今天發生了哪些事、要記得照顧自己。

每一次回到家，發現父親的髮際線又變高了，他開始嘲笑起自己的禿頭和白髮的時候，我才感覺到什麼是心酸，才感覺有好多的虧欠經歷了時間之後，好像也無從彌補起了。

「因為愛你，所以我學會如何愛我的母親。」在我哭得泣不成聲的時候，棉木先生這樣告訴我。

我以為他一直都是這樣貼心的人，他謙虛地說那是在談戀愛之後才學會的。棉木先生說他們家裡全是男生，只有媽媽一個人是女生，從小到大他都不知道原來女生會經痛、不知道原來女生生氣的時候也是需要被擁抱的。

小時候的我們哪懂得這些，後悔了才知道自己錯過這麼多，才知道大人用勞苦的汗水守護我們的童年，才知道他們從來沒有責怪我們的不懂事，才知道他們竟也是第一次這樣為人父母。

我也是談戀愛之後，才懂得愛的力量這麼大，它讓我願意懺悔、願意學習用更好的方式繼續愛對方。「可是如果再讓我選一次，我可能仍然會選擇愛情。」我看著棉木先生的臉，小聲地對他說。說出這句話的時候，讓我感覺好悲傷，明明兩個家我都深深地愛著。

也許是因為這樣，所以在長成的過程裡逐漸養成了「節儉」的習慣。因為節儉就不至於虧欠，至少我並不是為了愉悅和享受，我的心裡還放著很多的思念去生活，我這樣解釋、剖析自己一直以來的心境說給棉木先生聽，我自己也再確認了一次。

聽完，棉木先生只問了我一句：「如果今天你也有了孩子，你會希望她快樂嗎？」我激動地掉下眼淚，好像終於看懂了父親笑著與我揮別的畫面。

可是，我從來沒有看過我走了以後，父親是怎麼走回車裡開車回家的，我沒有看過他轉身之後的步態和神情，我無法確定他是不是也在同一個時間和我一起掉了眼淚。

我很想寫一封信給我的房東，想好好地感謝每一份送到我手裡的愛。

只是有些愛太過巨大了，它連動的情感是一層又一層的，使我怎麼也說不出來那份埋在心裡的深情。請原諒我一直把它放在心裡，等我找到一個最適當的句子，我一定會把它寫在卡片裡，讓這份最深的情意可以讓你好好地收存。

在每一個舊物裡
看見
努力生活的痕跡

我和棉木先生搬了不少次家，大部分遷移的原因都與他的工作有關，有時候往南跑，有時候往北跑，他最知道我有多喜歡處在這樣隨時都在變動的生活當中。我一點也不覺得搬家是件麻煩事，從以前就是。

小時候我很喜歡和父母四處旅行，即便偶爾只有週末的輕旅遊，收拾行李的步驟對我來說都是最重要的環節。我會帶上心愛的娃娃，還有近期在看的幾本書，雖然旅途中我盡量讓自己不翻書，總是留到進飯店後的休憩時間，或睡前在床頭準備入眠的時候，才慢慢閱讀。

因為我相信，當我跨出家門的那一刻，就開始新的學習了，我知道這時候我需要的，是細細去感受每一個書裡尋不到的真實感受，是讓窗外的景色一一進入眼簾，然後讓心裡曾經在意過的那些句子或念頭，緩緩地沉澱下來然後放掉那些緊繃。

在收拾的過程中，我除了喜歡細心挑選適合當地氣候的服裝外，更喜歡在每一次重新整理的過程裡，去觀察最近自己內心的健康狀態。像是我有沒有過度囤積精油或書籤、是不是帶了太多漂亮的衣服而沒有考慮到旅遊的便利性。我會透過「行囊需要簡單、輕便」這樣的理由，開始檢視自己生活裡哪些是必須、哪些是擔心，哪些可以捨去、哪些是我珍惜的。

所以行囊對我而言的意義，其實是捨離和確認「物」與我之間的關係。而當它在一趟旅程開始的時候，同時也會扮演著安定我心神的角色，因為這些舊物都是長久與自己貼身相處的，所以無論去到哪一個新的環境，至少都不會覺得太陌生。

我感覺行李箱像是一趟旅程的起點，你必須先知道自己帶著什麼東西去往外認識這個世界、先看清楚自己的樣子，然後跨出去的時候心裡便會感覺踏實，回家之後也會因為曾經在豐收之前清理好足夠的空間，而對滿載而歸有更多的歡喜。

這些在收拾裡的微小幸福，細節裡帶出恰如其分的安全感，也時常提醒我一個家需要時時這樣更新，屋子裡的每一樣器物會因為人一次又一次的擦拭和整理，而產生歷久彌新的美，我們因此可以在每一個舊物裡看見努力生活的痕跡，看見它存在著一種堅固的踏實感，還有不怕時間摧殘的價值。

平時棉木先生工作忙，整頓家務這件事於是就成為了我的工作。身為一個女人，我絲毫不覺得有任何的不對等，反而我能夠因為心思細膩這項優勢而有權決定家中的任一擺設，更願意把家事當作是自己的責任那樣莊重的看待。我是在每一次的勞動中，才慢慢體會母親這麼多年來，為家付出的、點點滴滴的辛苦。

在所有的整頓裡，搬家這個理由總是心目中的第一名，它會讓我更積極的想立即起身行動，我喜歡帶著那樣的心情收拾行李，一次一次確認哪些是自己的心愛、哪些只是一時意亂情迷的消費。搬家讓我能在擁有每一件新物品時，提早思考自己的生活所需，讓我更堅定世上的每一樣物品都要懂得捨離與珍惜，才能安心地享受擁有時的快樂滋味。

有時候生活過了一段時間，我會想給日子添上新意，於是自己在家裡就會忙著給這些家具來個大風吹，一開始棉木先生看不懂、也不習慣我有這項癖好，那時候他經常問我：「為什麼它們不能固定在一個地方就好？」他這顆突然來的直球我可沒接住，因為我也不知道答案，就是喜歡啊。

後來棉木先生竟然也見怪不怪了，反而有幾次還主動問我：「這次你想把書桌擺哪裡？」後來的每一次大搬風，我都有得力助手幫我完成任務。我們會一起討論下半年這個空間的規劃、布局，然後他會一一地把動線都先想好，以便搬移的過程能穩妥、順暢。

我最喜歡移動完傢俱後，這些舊物擺放在不同位置帶來的新鮮感，它不只帶來空間上的改變，也滿足了我對於生活不同面向的期待和想像，有時候我需要專心寫作，便把書桌靠近窗戶，讓我能在長期面對工作的壓力下，抬頭就能望見天空；有一陣子我迷上有氧運動，每天晚上都會在瑜珈墊上跟著電腦螢幕同步練習，這時電腦擺放的位置就必須與瑜珈墊的方向協調搭配；還有一次，我們到了一家溫馨的小餐館用餐，回家後我也將空間布置成那樣簡約、素雅的風格，點上蠟燭，以後在家裡吃飯也能有餐館般的浪漫氣氛了。

這些無疑是空間的學問啊，如何恰到好處地搭配而不覺得怪異，如何在一次一次變化中找到更適合兩人的生活風景，每一次新的組合都帶來不一樣的空間體驗，好像這樣的「心意」也為我們的生活帶來了總是充滿情趣的原因。

對棉木先生來說，搬傢俱更務實的理由大概就是可以定期清掃一次家具占領位置的那塊地吧。比起我，棉木先生較不怕髒，什麼家事都肯做，他可以徒手抓起排水孔的頭髮，還有廚餘，他可以把自己的手當作抹布那樣搓洗浴缸。

每當這時候，我就會大力地誇讚棉木先生勤勞、不怕吃苦、肯做的那一面，同時也會因此羞愧地回頭反省自己——在家務中我是不是漏掉了什麼重要的心法？為什麼我不願意去觸摸那些骯髒的部分？灰塵、頭髮和剩下的果皮菜葉為什麼會讓人覺得噁心？到底什麼是髒？

我看著棉木先生一次一次用他乾淨的手抹去、擦拭每一項我自認為發臭的物體，那時我才感覺到他其實才是真的保持乾淨的人，他的手不僅沒有因為觸摸那些廚餘而變得骯髒，反而因為他對待眼前的灰塵、頭髮和剩下的果皮菜葉都與一般物品那樣毫無差別，所以才證明了他心裡那片毫無雜染的淨地是真正的乾淨。

也許他根本沒把它看作是淤泥，也不認為自己是不可被觸碰的花，「我們都是平等的，人與物、物與物之間都是。」這是有一回棉木先生與我爬大雪山途中說的一句話。

我和棉木先生戀愛的這九年來，說得比甜言蜜語要多更多的一句話，是「謝謝你」這三個字。簡單的互相感恩、道謝在我們的生活中頻頻出現，有時候只是幫忙拿一杯水、有時候可能是順手幫忙擠牙膏、有時候只是日常的洗衣煮飯，都能得到對方一句真心誠意的感謝。

因為彼此都心懷感激，所以願意在下一次機會來臨的時候，都讓自己先來。喝水的時候，先幫對方倒一杯水；用完餐要擦嘴的時候，先為對方拿一張衛生紙；到浴室刷牙的時候，先擠上對方的那一份牙膏。也因為對萬事萬物都充滿謝意，所以每一項物品、每一件事、每一個人都能因為這樣的真心相對而得到感召，並回饋我們美好與幸福。

也許下一次我們又要搬家了，但是所有的變化都不會是我們生活裡的阻礙，因為知道無論身在何處，只要保持著一顆乾淨、簡單的心，哪裡都是花園。

我們要在人生這條長長的道路上，慢慢地繼續結伴而行，這次換我先說：謝謝你。

讓每個人都能成為他自己

學生時期開始，我就懂得把自己生活的一切面向都打理得舒服，從書桌的擺向、衣櫃、衣著，一直到對於時間的規劃，我都有我自己的要求。

例如我堅持書桌上不能有前一天因未完成而堆積的物品，每一次使用完必須收拾乾淨，這樣下一次再坐回書桌，就可以是全新的開始。

以前住校宿，我的書桌因為一直都保持乾淨，所以鬧了幾次的笑話。

來巡房的舍監和學姊，常常看不懂我的位子，每一次都會有人指著我的位子問：「這裡是不是沒有住人？」

我的桌上如果有擺了些什麼，那一定是我在散步的路上拾回來的葉片或石頭。雖然它們看起來是那麼地普通，但對我來說是一個提醒，代表時間，當我看著葉片逐漸乾枯、而且一去不復返的時候，我會知道時間正在流淌，我必須更謹慎、更自律的生活。

從那時候我就掌握了斷捨離的技術。

我總是喜歡移動房間裡大大小小家具的位置，有時候我想要把書桌擺在窗邊，有時候我需要它純粹的面對牆壁，不同時期的我有不同的心情和需要。

因應這樣的變動，我就必須只擁有少少的物品，讓它隨時都保持可變動的狀態。

於是我一直都在學習如何清空自己、不累積太多的過去，好像這樣就能永遠保持鮮活。

記得有一天下午，我主動幫母親整理家務，我在櫃子裡看到一個香膏的包裝盒。香膏是她之前買的，就我所知香膏已經在別的地方用掉了，櫃子裡只留下空盒子。

母親總是捨不得把漂亮的盒子丟掉，即使找不到它的用處，也會用各種理由說服自己留下來。

我和妹妹看見這兩個空盒子後直搖頭，決定聯手把它丟掉。

經過一個下午的整理，我把櫃子清理得一塵不染，所有的雜物都去除了，只留下需要的杯子和碗盤。

母親回家後，她發現櫃子變乾淨了，但第一句話卻是問：「其他的東西去哪裡了？」於是，我們把那些空盒子一一地展示在她面前，想讓她自己決定這些盒子的去處。

母親用各種話勸我們留住它：「那個盒子還很香，可以放在櫃子裡香香的啊！」聽到這話，我便毫不猶豫地在母親面前把它丟進紙袋裡。

只見母親把頭撇過去，嘟起嘴巴，怎麼都不說話。

我才忽然意識到，我竟然正在用自以為的「極簡」強加在別人身上。母親維護那小小包裝盒的心意，是她對物品的愛，她還沒有決定割捨。

於是，我彎下身體從紙袋裡撿起那個包裝盒，小心地拍了上面可能有的灰塵，我向母親道歉，把它放回了櫃子裡。

母親沒有說話，但她終於笑了。

後來，我終於知道每一個人都有每一個人的「捨不得」，每一個人都有自己與物的連結方式和處理物品的自由。

從那之後，我學會不任意的幫任何人做「斷捨離」的決定，包括用自己的價值觀給他人建議。

那些會放在心上的，也許是因為還不打算離開、還無法放下，那就算聽了再多人的勸去修正自己，也不是真正的自覺或出於意願啊。

母親的難過讓我看見我在「做自己」的過程中，無意識地形成了自我的內在標準，我以「幫助別人」的名義去否定那些和我不一樣的人。

那行為就像是我討厭的一些大人，總是站在高台上告訴人們他應該如何生活，然後以為自己有所貢獻。

但我想做的是一個體貼、溫柔的人啊。

一直以來，我總是不斷地想完善自己，想把世界納為自己的一部分，於是說了很多話、做了很多事，但是世界並沒有放諸四海的標準啊，人終究是無法教化別人、改造世界的。

我何不把自己納為世界的一部分呢。

或許斷捨離的真正意涵，是要我能從這些物品裡直接地看見自己。看看自己都抓住了什麼、選擇捨棄什麼，我抓住的或許不僅是表面看上去的物品而已，更多的可能是成見、價值觀，或更深層的欲望。

當我更深一層地去看那些甘願捨去的部分，我知道那是一個自我回歸的過程，我能不再向外尋求或推諉，我能把重心放回自己身上，無論外在世界如何的變化，都打擾不了內在的自己。

如果我執著了「斷捨離」，那豈不也是一種「放不下」嗎？

如果這世界上真的有所謂的「幫助別人」，那一定是先從捨離自我開始的吧。

我可以是我自己的快樂，別人也可以。

不去當別人的救世主、不以自己看待世界的方式教化別人、不評斷別人的幸與不幸。

讓每個人都能成為他自己，讓每個人都能找到屬於他的圓滿、他的快樂。

在日常的勞務裡，看見自己最真的心

那天母親請我幫她手洗一件褲子。

褲子上鑲著白色珠子，她特別叮囑我這件褲子不能放進洗衣機裡攪和，她說那樣粗糙、簡單的洗衣方式，可能會壞了她的寶貝。

我說好，一口答應下來。

但山上的天氣實在很冷，我實在不願意去碰那冰水，直到我將雙手浸泡在水裡、搓揉母親褲子的那一刻，我才體會到母親在勞動裡的珍貴。

在碰水的過程中，我看見母親

穿這件褲子的樣子、看見她在同樣的位置搓洗這件褲子的畫面。

某一刻我突然覺得，自己正在做的事好像是被母親安排好的功課。

自從有了洗衣機之後，我就很少再用手搓揉衣褲了，總是很習慣地把衣服丟給洗衣機洗，再碰到衣服的時候，它已經幫你脫好水、洗乾淨了。

機器的確卻帶來便利，但面對自己最珍貴的東西的時候，往往還是希望能靠自己的雙手、用比較辛苦的方式去完成，就像手寫信一樣，總覺得還是親筆手寫的字跡最能表達心意，雖然內容是一樣的。

好像在這樣的勞動裡，比較仔細、比較能流露真心。

我記得我的學生時期，也曾經是那樣每天手洗身上的衣褲。那時候一點也不覺得辛苦，因為我的租屋處裡並沒有一台洗衣機。

那裡是一個有涼風的地方，舒適又便宜。只是，三千塊的房租是沒有附冷氣的，也沒有電視、沒有洗衣機。後來連脫水機也壞了，我不好意思請房東在這個舊房子裡買一台新的家電。

於是，手擰不乾的就交給陽光了。

我通常會在下課後回家洗衣服，那是我一天裡最愜意的時光。我會在晾完衣服後，坐在陽台與這些濕潤的衣服一起曬太陽，我喜歡和它們一起接收陽光的曝曬，喜歡聽水打在地板上滴滴答答的聲音，喜歡看風帶著衣服和我的頭髮一起搖曳的樣子。

那時候我真希望自己能擁有更多時間，這樣我就能參與每一滴水在衣服上蒸發的過程。我像一個農夫想佇立在稻田裡看見穀物成熟的模樣，然後再歡心地一一收割它們。

搬離那裡之後，我和棉木先生住在一塊，我們很快就在新家買了一台漂亮的洗衣機，自從有了方便的機器，我就再也回不去那樣的時光。

我幾乎不再回去那樣碰水的生活，因為不再需要用手擰乾所有的衣服，所以也我不再看過衣服濕潤的樣子。我享受便利、享受科技讓我省去麻煩和浪費的時間。

一開始我以為節省時間是種獲得，但後來我反而覺得像是失去了。

洗衣機雖然快速、有效率，但我不會再有機會從清洗衣褲中得到快樂，因為那些過程都不再需要我的參與。我對於弄髒的衣物沒有感覺，對於汗的味道也沒有那麼深刻和敏銳了。

洗衣機的確讓我不需要碰水，但我好像也失去了感受水溫的機會。

母親常穿這件褲子，她一定經常這樣手洗吧。

我小心翼翼地把手放進這個裝了水的盆子裡，感受褲子因沾水而逐漸濕潤和鬆軟的樣子。母親的惜物，讓這件褲子和正在搓洗褲子的我，都變得柔軟許多。

我終於相信人有很多的快樂，是要在勞動中才能體會的。

人因為有這樣的付出，所以當收起曬好的衣物時，就會更懂得珍惜。因為知道一切都得來不易，知道這樣一件衣服是綜合了多少的勞力、時間、陽光和風的幫忙，才能再乾淨地回到自己的手上。

我感覺自己在手洗的過程，又重新體會了一次洗衣服的快樂，那感覺像是重新拾起了自己就快要丟失的古老本能。

擰乾褲子後，我攤開皺褶的地方並抓緊褲頭甩了幾下，我仔細地檢查上面的珠子有沒有減少，然後才終於滿意地對它微微笑。

我喜歡這樣在勞務中的身體，它讓我有更多機會去察覺和自省，讓我能一點一點的把許多稜角磨得更細緻更圓滑。雖然手洗比機器更費心、更花時間，但也因為有這樣的用心，每一項物品才能讓我感覺那麼地貼近自己。

好像當人真心付出自己的時候，就能與物產生深刻的連結，人會在這樣純粹的勞動裡感覺到生活的踏實，因為有這樣的踏實，所以心就會變得平靜和祥和。

山上的天氣確實很冷，但我發現無論水是冰涼或溫暖，愉悅的心是我能自己決定的。

或許，我們不必真的回去那樣手洗的日子、不必透過拋棄科技才能感覺到純粹的美好。

無論手邊擁有的是什麼，我們都能細細地品嘗物品為生活帶來的快樂，我感覺是因為這樣一顆心，所以讓手洗衣褲這件事，有了簡單但不平凡的重量。

我們都回不去那時候，

過去的已經過去了，

每一個當下說完的話就是最完整的了，

誰都沒有虧欠誰。

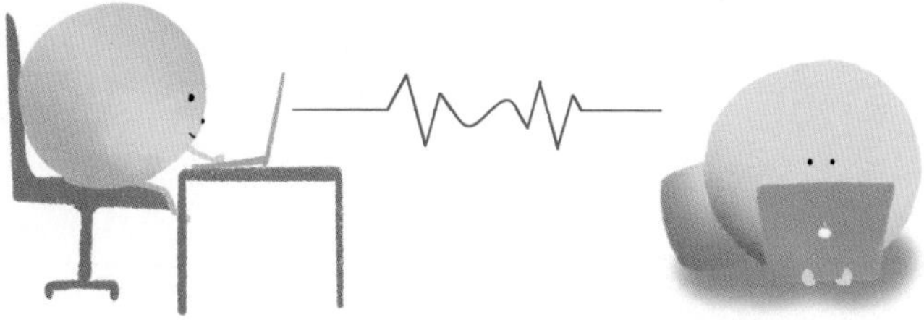

我還有好多好多的秘密想對你說。

倘若要知道自己喜歡什麼，
那就去看看自己在生活裡做哪些事情，
是即使別人看不見也願意持續做下去，毫不怠懈的。

不要因為探了別人的生活，
就對自己的生活感到自卑。

誠實日記

我看見所有的標籤都是自己給自己貼上的，別人的心裡沒有那種東西。

我看見自己這些年因為那些隱形的標籤困住了自己，還盡力地去維護那個以為別人幫你設定好的形象。

我看見自己總是這樣太鑽牛角尖地看人、太過用力地檢討自己、太仔細地在生活中與人切割。

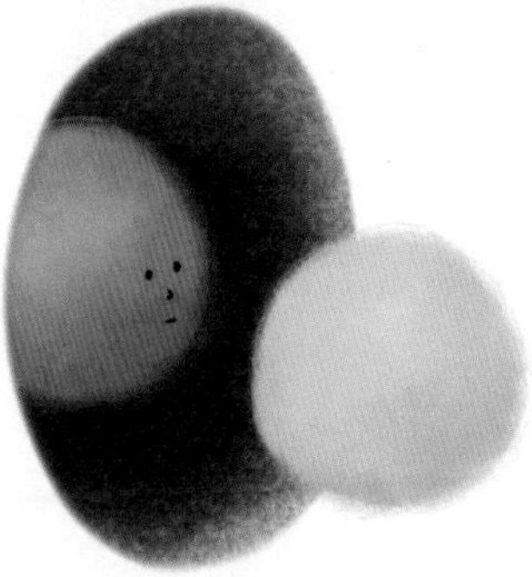

真心不需要利益交換

那天從手機收到朋友E的訊息，她說了一些寒暄的話，然後問我幾月幾號有空嗎。

我的手機裡有很多這樣的朋友，雖然說是朋友但其實不常聯絡，我們都把彼此放在通訊錄裡，屬於不談心、節日不會約吃飯、不會互相打擾的朋友。

每一次收到這樣的訊息，我的心裡既是愉悅也相當感慨，你終於想起我了嗎，我們之間終於可以進行一場深度對談了嗎。

我總是期待能在一大群朋友

裡，找到幾個可以真正互道關心的朋友。

只不過那通常都需要付出一些代價，彷彿真心都需要利益交換，才顯得出友誼的可貴。

雖然久久地能夠被想起應該是一件值得慶祝的事，但我是一個不懂得拒絕別人的人，凡事那樣的訊息對我來說都是一種打擾。

有時候我寧願不要這樣的朋友，但我知道有一天或許我也需要她。所以我點開了E的訊息。

「你八月十五號有空嗎？我口考當天想請你來幫忙。」在她長篇的問候裡，我只看見她最後真的想問的問題。

看得出來她花了多久時間修飾這些話，就當作那是她的善意了，後來我不只答應幫忙她，還答應陪她練習口考前的總彩排。

E是一個非常用功的女孩，成績好、有禮貌、做事認真，大概每一個老師都喜歡她。但我總覺得在這樣的乖巧和用功下，少了一些什麼。是青春特有的自信和叛逆吧，她身上優秀的光環成為了某種框架她的東西，使她不曾想過要飛。

彩排的時候，E逐字唸完了厚厚的稿子，然後滿心期待地問我覺得如何。

我想起這是每一個碩士生都會期待的日子，畢竟走了那麼久的路，終於到了盡頭。

我先是稱讚她的努力，然後鼓勵她再更自信一些，或許能夠拋開稿子說些自己想說的話。

E笑著對我說：「老師說照稿唸就行了。我剛剛的表現還可以嗎？」我說可以。然後我們一起關了燈，離開那間教室。

E說她還有別的事要忙，就不一起吃飯了，也對，明天就是她口考的日子，別耽誤她的準備才是。我們在走廊上簡單地道別，然後我獨自走到那條熱鬧的街吃飯。

不知道為什麼心裡覺得有些沮喪。明明也不關我的事，說起來我就是一個幫忙打雜的工作人員罷了，怎麼自己的意見沒有被採納，竟然打擊了我的自信心了。

我點了一盤奶油炒飯，平常我最喜歡吃這個口味了，但不知怎麼了今天才嚐到它的油膩。

嘴裡的米粒嚼得發酸，才忽然發現自己也是如此，批評別人很容易，但我沒辦法接受別人的批評。

我想起自己每次被別人檢討時的那副嘴臉，想起每次和棉木先生爭執的心態。我並沒有接受批評啊，我仍然用我自己覺得正確的方式過我的生活。就像她一樣。

然而，E為什麼需要改變？而我為什麼不改變呢？

我停下了咀嚼的嘴巴，腦袋開始大量地回想和比對，想起當時的我並沒有惡意要說出她的缺點，只是看見了她可以更好的地方，然後告訴她。

原來這也是大家對我的好意，對嗎？

也許許多批評的背後都是因為愛，因為他知道你可以更好，所以他讓自己成為一面鏡子那樣說給你聽。但那些包裝成批評的愛，往往被我們討厭、排斥，於是誰也沒有進步，世界依然如此。

世界依然如此，我依然是我的樣子。即使知道別人並沒有惡意，但我卻還是會覺得受傷，在每一次得不到稱讚、被糾正、被期望自己可以更好的時候，我仍然會感覺自己是被遺棄的。

忽然在想這是不是就是我遠離人群的原因。

奶油炒飯我沒有吃完，我帶著很多的疑惑離開。

我是自願離開的，我必需這麼做。也許奶油的油膩不是真正的原因，是因為我害怕被拋棄，害怕自己不能沒有它，所以我得先適應孤獨，得狠狠地把自己從黏膩的人群中抽離出來。

總是這樣遠遠地觀察人群，從中獲取一些東西後再默默離開，像是一個小偷總是暗地裡竊取寶石，沒有人知道他帶走了什麼，沒有人知道他會不會其實也怕黑。

沒有人知道我其實也需要朋友，需要被深深地理解，需要練習摘下自己很堅強的面具，只是一直都不敢奢求、不懂得向誰求救。

總覺得一段關係要是被認定了，有一天一定會失望的。

曾經我也那樣付出真心，曾經三餐都有人陪伴，曾經我不是那麼地孤單。

那時候所有的不開心馬上就可以倒出來，吃不完的飯還可以有人分著吃，多好。

有朋友的感覺真好，但如果真的那麼好，我們為什麼會分開，為什麼讓我這樣一個人，為什麼我們回不去了。

我不確定那時候是誰拋棄了誰，只記得我們都又回到了一個人的生活。

雖然我一直都不是群居動物，但以前幾個要好的朋友還是有的。大學那時候，就我和G最要好，不知道是什麼緣分讓相異的我們相纏在一起，那樣的碰撞就像兩個內心不安的靈魂，走了很遠的路，終於找到了安心的歸宿。

我們當彼此的依靠，他安靜地聽我說話、提醒我吃飯和早點睡，還會問我今天有沒有喝水。現在回想起來，也許只有我依靠他，我並不可靠。

後來我們吵架了，我從來沒有看他這樣生氣過，他的眼裡滿是眼淚，可是我卻不知道該怎麼安慰他。

一直以來都是他聽我說、他說我做，這次他什麼也沒說，可是我說再多他也不想聽了。

於是我們散了。

沒有人阻止我回到洞穴裡，沒有人聽得見我的傷心。我就知道、我就知道我該被遺棄，自私的人不該被包容，我就只愛我自己。

常常在想，如果再讓我選一次，我可能也還是現在這個樣子，不會讓自己有半點委屈。

即使我知道這會讓彼此受傷，但我還是忠於自己的心。也許我們就該分開，我們注定會走向不一樣的路。

所以我們再也不見了，我只能在夢裡見到你。我夢到當時的你挽留了，但我還是走了。

雖然你並沒有挽留。我也不確定我是不是真的會走。

我把奶油炒飯留在那裡，一點也不覺得可惜，好像是我拋棄你的一樣。

回憶裡，我最後留給你的是我的道歉，好像我真的錯了，好像先離開的人就比較灑脫，好像我是被你遺棄的。

從那之後，每當我和誰越親密，我就越覺得那不屬於自己，我深怕每一段關係都像我們的結局。

隔了幾個禮拜後，我收到了E的訊息，她說她實在擠不出時間吃飯，問我能不能用寄禮物的方式回饋給我。

她說她通過口試、如期畢業了。我知道那天她笑得很疲憊，於是我答應她下次再約。沒想到沒有下次了。

「沒關係的，不用寄禮物過來了。」發送訊息的時候，我感覺心裡鬆了一口氣。

我們都回不去那時候，過去的已經過去了，每一個當下說完的話就是最完整的了，誰都沒有虧欠誰。

也許那天她也是一個人去吃飯的，也許她也在她的洞穴裡觀望著人群，也許我懂她。也許我們都一樣。

雖然有時候，我還是會希望自己不是一個人。但人需要有這層保護，才能保護那顆脆弱的心吧。

你的夢想是什麼？

九歲那年，我的夢想是當一個寫書的人。

當時我大概還不知道那個職業叫做「作家」，只是心心念念著要出版我的「九歲人生」。

說起來很可笑吧，九歲的小孩談什麼人生，況且當時我只寫了不到兩頁的紙。書名已經定好了，可是書還沒寫好，我已經十歲了。

所以我總是害怕過生日、害怕吃蛋糕、害怕長大，我知道做夢是孩子的權利，我必須在年輕的時候就有所行動，不然哪一天我就要變成無聊的大人了。

在我五歲的時候，父親常常會到圖書館修電腦、寫程式，每一次他都會帶上我，讓我一個人在圖書館裡亂晃、讓我挑自己想看的書、做自己想做的事。

那是我童年裡最難忘的一段時光，小小的身軀沈浸在滿滿的書海裡，很多字都看不懂，但是對每一本書都充滿敬畏。

我最期待父親修完電腦後，他會多留一些時間，給我講關於宇宙的故事。

小時候宇宙的書好大，打開書頁幾乎是我三倍的身體。我喜歡聽父親說宇宙裡有哪些星星、喜歡聽他說遙遠的星空裡有哪些奇幻的故事。

父親開啟我對這個世界的好奇，以至於後來的我，無論去到什麼樣的地方，我總喜歡挑戰自己不擅長的領域。

記得在上小學的時候，國小老師每週都會帶我們到圖書館裡看書，每個人都有兩節課安安靜靜的閱讀時間。

老師規定我們在圖書館裡不可以交談，我開心極了，最喜歡全班聚在一起不說話的感覺。我終於不是一個人在這裡。

不過，和大家一起閱讀的時候，我反而不專心。

我會偷偷觀察班上那些最吵雜的人是怎麼安靜下來的，我喜歡看最愛聊天的兩人是怎麼被書吸引而可以不說話。

我記得最熱門的區域是漫畫區，大家一窩蜂地都搶著要看那裡的書；我則是一個人走到館裡最黑暗的角落——哲學區。那裡因為沒有什麼人去，所以經常不開燈。

我抽了傅柯、尼采、叔本華的書，那都是我必須掂起腳尖才拿得到的。我應著先前老師的叮囑，把挑好的書拿回座位上看。

那時候我是三十一號，是班上最後一個號碼，所以老師坐在我旁邊看書。我不知道老師看了什麼書，可是我猜他一定有看到我的。我的書裡沒有注音、沒有圖畫。裝模作樣地看書其實很累，因為我一點都看不懂，只覺得這樣比較像大人，所以還是認真的手指著每一個字，一行又一行地看完。

小時候，我感覺圖書館是我第二個家，也覺得書本比學校的老師，能教我更多的事。

我在書裡聽見音樂、在書裡看見世界，它讓我在傷心的時候有個地方可以寄託，讓我在不想聽到大人說話的時候，還有文字可以向我娓娓道來。

每一堂下課時間，我幾乎都在圖書館裡度過，逃避課業的時候也會去。

青春的許多回憶都在圖書館裡發生，像是我經常在裡面睡著、偷吃零食、寫私密日記。

我感覺我是在圖書館裡學會長大的，我在裡面學會如何成為一個大人，成為一位我心目中的好榜樣。

以前我經常在圖書館裡看見一個女人，她總是會在下午五點鐘準時出現。她會提著一個便當袋來，坐在一樣的位子看書。

我觀察她從來沒有和誰說過話、沒有向誰打過招呼或隨意攀談，她的目光永遠只專注在手裡的那本書上。

圖書館裡沒有老師，可是她還是那樣安安靜靜地。那時候我以為好大人都是不說話的，於是我也學會了不打擾別人、學會傾聽、學會對自己眼前的事物專心、學會安安靜靜。

記得某一天，我終於偷看到她袋裡裝的東西了。

平常我是不敢隨意亂看的，那時我趁著她去廁所的時候，撇眼看了一下她的桌面，我知道她習慣在讀書之前，把袋裡的東西擺好放在桌上。於是在那幾秒鐘的時間，我很是仔細又緊張的紀錄下她的用品。

是幾本書，和一瓶保溫杯。沒了。

原來一個人真正需要的東西並不多，有茶、有書、有時間，就可以坐上一個下午了。

也許這也是後來，我養成了看書時喝熱茶的習慣的原因。

可惜出了社會之後，再也回不去那樣的時光。

我回不去放鬆下來讀書、那樣渴望知識的感覺，我更回不去一個下午只是觀察一個人的那種快樂。

明明我再也不用裝模作樣我愛好哲學，但好像也沒有機會向誰訴說了。

有時候半夜想提筆寫些什麼東西，算了吧，明天還要上班。最後還是輸給了體力，把時間還給公司。感覺心裡的夢想，就是這樣一步一步退讓，直到消失的。

長大之後，我們學得都是目標明確的東西，好像必須學以致用，書才有用。

誰給你時間去讀大量的書，誰給你時間漫漫地去探索方向。但是這不重要嗎。我心裡的聲音已經越來越微弱了。

有時候覺得現實很殘酷，它讓你不得不屈就於它。雖然我們其實無從選擇。

我們的確不再像青春那樣擁有大把時間可以浪費了，因為我們終於發現生命有限、體力有限，所以開始懂得不浪費時間，不去做那些耗費體力的事。

我討厭這樣的自己，討厭當了大人之後就必須賺錢，討厭長大之後就停止做夢，討厭自己沒有在九歲的時候多寫一點。

回到職場上，我看見自己失去了從前的笑容，日復一日的工作；我看見自己明明有一個作家夢，卻必須在這裡按計算機的現實人生。

我好害怕自己哪天就要忘了自己曾經是那麼快樂地只是讀讀書、寫寫字，偶爾還能感受到讀書讀到進入夢鄉的香恬。

好像脫離學生時期之後，就再也沒有題目會問我們：你的夢想是什麼？於是我們也逐漸忘記自己曾經是那麼快樂的幻想未來、那樣不負責任的做夢了。

到現在我還經常在一堆數字和行行報表的縫隙裡，看見那個九歲的自己。

誰說九歲就不會思考人生，我感覺那個孩子的世界觀比現在的我更大。他的宇宙很大、生命很長，有不會累的身體，有勇敢做夢的心臟。也許他從來都不知道未來會面臨什麼樣的挑戰，但是他純粹地享受當下、任意地去自己想去的地方。我羨慕自己的童年，羨慕他可以那麼偏執地做自己。

倘若夢想可以不需要被變現，那九歲的自己，應該就是我夢想中的樣子了。

第一個讓我說出秘密的人

我一直都不擅長與人交談，因為在意的事情很多，所以說的話很少。

雖然我也羨慕別人可以這樣成群結隊的，可是我知道自己不適合，寧願一直這樣與人保持距離、讓人感覺神秘，也不要把全部的自己交出去。

我是一個很會保守秘密的人，包括自己的秘密也是。

心裡的話只說給自己聽，再好的朋友和家人，都聽不見我心裡真正的聲音。

只是，一顆那麼小的心臟怎麼能藏得了這麼多東西，所以小時候我有一個習慣，我會在一張白紙上用各種顏色的原子筆和彩色筆，畫密密麻麻的顏色。

我發現所有的顏色堆疊到最後，就會變成玄之又玄的黑。於是，我會把我的心事寫在那裡。沒有人知道那其實不只是黑色，還是一個青春期少女無處發洩的悲傷故事。

也許我的眼淚從小就比別人氾濫，所以大人總是提醒我——哭不能解決問題，有話要直接說出來。

可是我感覺一個人真正難過的時候，是說不出話來的。

也是從那時候開始，我找到一個與世界溝通的方式，我學會寫信給父母、學會把秘密寫在日記裡、學會在傷心的時候躲起來、學會在想說話的時候就提筆寫字。

這個習慣一直延續到成為大人，我會在上班的記事本裡偷偷寫下討厭上班的原因，我會把不能說的秘密寫在紙上然後對折撕裂。我一直都知道我需要一個出口，只是總覺得還找不到一個可以信任說話的對象。

第一個讓我說出秘密的人，是棉木先生。

我把我說謊、喜歡老師、討厭大人的事情告訴他。我的所有秘密他都知道，因為當時我們不是朋友，所以我可以這樣毫無保留。

我和棉木先生原本應該是兩條互不交集的平行線。但因為我青春期的憂鬱現象，讓大人們著急地為我介紹一個他們信任的男孩。大家都說他很有智慧，不是指聰明，而是善解人意。

他們留了他的電話給我，也給了棉木先生我的手機號碼。我們從來都不知道彼此是誰，也沒有見過面，我只是憑藉著大人口中棉木先生的模糊印象，就發出了第一封簡訊給他。

從那之後，我們開始了好長一段時間純粹文字的交談。

那半年，棉木先生真的默默地閱讀我的每一個文字，在每一個安靜的夜晚試圖理解我雜亂的思緒。

我毫無理由防備他，即便那時候的我還不知道他的長相，也沒聽過他的聲音，但十七歲那年，他知道我生命的全部，知道我的自負與眼淚、空虛和孤獨。

只有一個秘密我沒有告訴他，就是我逐漸發現自己好像喜歡上他了。

天知道我有多害怕。

我害怕自己愛上棉木先生，害怕所有的關係就此結束。

我寧願和你是一輩子的陌生人，這樣我就能將所有心事都放心的託付，不用害怕你怎麼看我、不用擔心你在聽完我那麼多秘密之後，會不會因此而不喜歡我。

這不就是一直以來我與人保持距離的原因嗎。我因為害怕被人看穿、害怕被貼上標籤，所以才決定保守秘密的不是嗎。

我知道我永遠撕不掉對方把我貼上的標籤，因為那些標籤會留在他們心裡。

我不想要成為棉木先生腦海裡的角色，所以我必須離開，再一次拉開距離。

我在保護自己，也是在維護我們之間的關係。

就和平常一樣就好，每天晚上我會在同一個時間和你一起上線，你不知道我會因為這樣的默契而暗自竊喜，你不知道我總是期待能在睡前和你說一點話，就算只有一句你的晚安。

我總是在與人過分親密的時候，用力地檢討自己的鬆懈。怎麼可以如此卸下心防。

我不斷地反省自己不可以對人有所依賴、我提醒自己有多麼不善於與人交談、我警告自己這世界上沒有人會永遠陪著你。

那感覺像是強迫，我要我們退回連朋友也不是的狀態，我不要你和他們一樣，我要你是我的鏡子，我知道只有我們互不相識，我才能對你誠實。

這個城市太孤單了，我不願再失去一個人，如果太靠近會讓彼此有壓力，那我們連朋友也不要做，我想就這樣永遠和你在一起就好。

我還有好多好多的秘密想對你說。

「我們可以在一起嗎？不會造成彼此困擾的那種在一起。」後來，我還是問了，這句話好像是在對自己說的。

我終於還是鼓起勇氣，把心中所有的話一字不漏地告訴他。這次我沒有選擇孤單，我把心捧在手上交給他。

我知道我是有可能會受傷的。

但是當人自願地把所有的自己都交出去的時候，就沒有什麼好失去的，所以我一點也不害怕。

在那通電話裡，他馬上就答應我了，彷彿這一刻他也正在等著。我以為他的腦海裡會有掙扎，會放不下我的所有秘密。我以為他將我的標籤撕下還需要一些時間。

電話沒有掛斷，我的理智線比平常還要更清晰，我知道這不是夢，眼前沒有粉紅泡泡、也沒有強烈刺眼的高光。

我看見所有的標籤都是自己給自己貼上的，別人的心裡沒有那種東西。

我看見自己這些年因為那些隱形的標籤困住了自己，還盡力地去維護那個以為別人幫你設定好的形象。

我看見自己總是這樣太鑽牛角尖地看人、太過用力地檢討自己、太仔細地在生活中與人切割。

後來我們在一起了。

兩條平行的線終於不再陌生，我承認自己是需要愛的。

「告白」成為我人生中很大的轉捩點。在我成長的過程中，我總是一個人把事情做好，盡量不倚靠他人，也不讓自己成為他人的需要。

我把自己抬得很高，告訴自己孤獨是很高貴的。可是這樣的好勝心讓自己總是遭遇挫折和瓶頸，尤其在愛裡，好像絆住自己的不是別人，而是自己的自尊。

我無法用任何的脅迫或是計畫讓愛發生，愛情本來就是因為不為任何條件交易所以才美麗的。

我感覺當我深陷在愛裡，愛就是一種臣服，我清楚地知道我無法同時擁有自己和別人，無法把全部的自己交出去，卻保留一部分的秘密。

這是我第一次感覺自己失去控制，可是卻也甘願讓自己消融在這巨大的愛裡。

那時候我才終於承認，我一點都不想當一個死守秘密的人。

我一直都期待有人可以發現我的不堪、期待自我瓦解、期待即使崩裂了還有人可以撐起我的世界。

棉木先生讓我相信這世界上真的有這樣的存在，就算他知道你說謊、喜歡老師、討厭大人，也仍然會接受你、仍然會愛著你的全部。

也許，這世界上一直都有那個願意聽你說話的人，只是我們一直都不相信他的存在。

因為我們的心裡還有標籤，我們還在很高的地方看著，我們還沒有準備好要讓那個聽完你所有心事還不離不棄、陪你到天明的人，瓦解你的面具、走進你的生命裡。

愛一個人是一瞬間的事，不愛也是

棉木先生是我的初戀，是第一個讓我如此深愛的人，我常說他像水、像空氣、像一面鏡子，平凡卻真實地充盈在我的生活中。

從認識棉木先生的第一天開始，我就能對他說任何的話，即便當時還不完全認識他，我卻能毫無保留、誠實地說出心裡的話，我不害怕在他面前赤裸和展現脆弱，因為他總是能完美地接住我，從來不缺席我每一滴眼淚的故事。

自然而然地，我和棉木先生成為了彼此的情人，因為從一開始就是遠距離，所以最大的差別大概就是從每天的文字轉換成每天的通話和視訊，然後聊天的話題不再只是單方面傾訴，而是開始變得更貼近生活，再加上一些些害羞的情話，有時候芝麻綠豆的生活小事在電話的另一頭都是很甜蜜的想像。

有段時間，我每天都會和棉木先生提到一個男生的名字，從怎麼認識到自己是如何被吸引，所有的細節都毫無遺漏地說給棉木先生聽。

我嘗試在對話裡，把這個秘密用理性的方式分析出來，我想剖析自己這份罪惡感的來源，我想知道為什麼我在別人的孤獨裡看見自己，想知道為什麼我無法控制自己的喜歡，想知道為什麼明明知道不應該，但我還是陷入了那樣無名的悸動裡。

棉木先生就像從前那樣，無條件地接收我所有的情緒，知道我喜歡別人、知道我的懊惱、知道我的虧欠。

我以為愛一個人誠實就夠了，以為只要據實以告就不會有人受傷。只是那天散步的時候，他不再像從前那樣牽我的手了，他刻意地迴避、與我保持距離，我都看見了。直到那天我才明白，原來愛一個人是一瞬間的事，不愛也是。

你別這樣不說話，我從來都不知道該怎麼道歉，也不知道要怎麼哄騙生氣的人，我不會那些你是知道的，那天我任性地要求他牽我的手，硬生生地拿著他的手放在自己的腰上，以為那就是擁抱。

「我又沒有出軌，沒有跟他親吻也沒有擁抱啊。」我說。我看見棉木先生把頭低著，長長的沉默之後，我聽見從他喉嚨裡傳來的聲音：

「可是我受傷了。」

此刻的我，才終於看見自己是那麼自私的人，看見自己一直以來說的那些殘忍的話，我傷害一個不會反抗我的人，我讓他如此絕望。

能不能當作這件事情從來沒有發生過，我後悔了，真的。

我們因為信任所以相愛，也因為信任所以我把秘密說出來，而你因為信任所以選擇自己受傷。到頭來，信任是罪魁禍首，我假信任的名在你心上劃了一刀，才知道原來你的心早已有數不盡的傷痕，是你從來不想讓我看見的，你不知道我眼前這樣的你是多麼陌生，好像我從一開始就失去了。

後來的我們，偶爾會提起這件事，他都會展現生氣的那一面，我也會再一次道歉，我知道有些傷痛是一輩子的，我永遠無法彌補自己的錯誤，即使傷口癒合了，結痂的疤痕都還是會在的，人們以為時間能治癒一切傷痕，不是的，傷痛不會好起來，它在那裡永遠都是一個缺口，你只能要自己往前看，看那些新長出來皮膚，看它們是怎麼覆蓋傷痛，你會親眼看見自己的血不流了，看見自己所有的壞掉和重生。

愛一個人是一瞬間的事，不愛也是。人必須在能夠相愛的時候盡力地去擁抱彼此，讓每一刻的相聚都像永恆那樣不留遺憾。

在人群中尋找孤獨，在孤獨的時候想要陪伴

我感覺網路世界的每一個人都孤單。

一個鐘頭過去了，我看著自己掉進一個又一個新的頁面，那是一個好深的黑洞，是每個人都想躲進去的地方。

螢幕上那些繽紛的顏色快速地進入我的眼睛，像是一種掃射。

我用左手托住下巴，右手滑鼠快速地滾動著朋友圈的臉書動態，我不確定自己吸收了些什麼，只覺得自己越掉越深。我看見網路世界裡的繁華與空虛，看見這裡的每一

個人都在說話，可是我卻感覺聽不見聲音。

只是想上網查查資料，誰知道會剛好連到臉書的網頁，我已經好久沒有進去那裡的世界。

以前，臉書對我來說就像是每天的新聞一樣，那些讚數像是網路世界裡的虛擬貨幣。新聞每天都會更新、貨幣每小時也不斷地流通。

你必須每天看新聞，才不會接不上朋友們的話題、你必須先不吝嗇地付出自己，別人才會對你有所回應。

我知道網路世界的人際關係需要細心維護，它無關乎你的喜好，它比現實生活更簡單一些，至少它看不見你的心、不需要透過眼神的交流來確認彼此的心意。

我會去按那些我不怎麼喜歡的人的讚，也會在那些我其實不太感興趣的貼文底下留言。明明是一個不喜歡經營人際關係的人，可是我很膚淺地在網路世界裡把自己包裝成另一個樣子，讓自己看起來更友善、更貼近這個世界。

畢竟那是現實生活的另一面，人人都可以盡情地展現那些自己想被看見的那一面。

我把我所有最好的事蹟都放在臉書上，像是我有多努力所以才獲獎、我和朋友去了哪裡玩。我長篇大論地交代自己辛苦的過程，讓拿獎盃的照片看起來不那麼虛榮；我偶爾會放上和男朋友的合照，讓大家知道潛水的這段時間我過得很幸福。

臉書對我來說，一點都不是用來記錄生活的，頂多是記錄我自認為「完美」的生活方式。

那些是我期望自己最好的樣子，還有期望被別人看見的部分。

但這不公平。

很多悲傷的話沒有說。沒有人知道我的低潮，還有那些和男朋友吵得天翻地覆的對話過程。

臉書比較像是我的履歷，不好的地方要藏起來，只要盡量地交代那些讓人感覺優秀的部分就好了。

我不明白我是在向誰展示這一切，每一個上線的綠燈都像一雙雙銳利的眼睛直視著我的生活，我不得不交上自己手裡最好的牌。

矛盾的是，他們越是光明正大地窺視，我就越心甘情願地奉上。我一面檢討自己的虛偽，一面因為別人的稱讚而感到滿足。

我看見自己的孤單沒有因為網路世界的虛張聲勢而變得快樂或得到溫暖，我依然在裡面複製原有的世界，甚至放大人性裡最想隱藏起來的部分。

那一刻我才終於下定決心，我要將這一切切割乾淨。我的日記不應該為別人服務，我再也不要迎合任何人，包括自己的虛榮心。

於是，我再也沒有更新我的最新狀態。

新聞永遠停在那裡。我讓它留在最美的時刻，當有人問起了，就說我不在。沒有人會去責怪那個不在場的人。

我知道網路世界並不是虛擬的，它隱藏著更多的人性。原本期待它能夠彌補、縫合那些現實生活中的裂縫，逃進去後才發現這一連串的行為更顯得這個縫隙的巨大。

也許我不是想要離開人群，我只是想離開我自己。

人很需要這樣的重置吧，現實生活中我們不可能把自己的生活圈歸零，不可能刪掉那些不那麼好的朋友。我們勉為其難的在同一個地方遊戲、接受每天訊息來來往往的轟炸，好像任何人與人之間複雜的關係，都可以化為簡單的代幣符號。

我不想要助長自己的偽善，不想昧著良心說話，所以經常假裝自己不在、沒看見，然後刻意的不去看那些紅色數字的提醒。

我終於不再強迫自己一直與人保持聯繫，也不再要求自己要在聚會裡硬找話題。

多年後我如意地脫離了人群、鬆綁了這些人情的壓力。

再次登入臉書的時候，我看見自己的版面上有許多朋友來祝賀我去年的生日。時間過了那麼久，竟然現在才發現對方的祝福，我的心裡不禁湧起了一股不舒服的尷尬和歉意。

大可不必吧，大家都知道平時我很少上線，也幾乎不太會去關注朋友們的動態，有時候甚至也不太回群組的訊息。我這樣安慰自己，刻意地想忽略那個不安的心跳。

替自己說了那麼多話，攤開來看我知道每段關係我都處理得很糟糕。好像我一直都讓別人失望，一直都做得不夠好。

上個月我答應要和朋友聚會的，可是上週我還是用很簡單的理由推掉了。以前大學的時候，我答應星期三晚上要和室友們去逛夜市，可是在出門之前我改變了心意，我說我想去圖書館。

好一個自私的人，這樣一一把人推開，心裡又嚷嚷著這世界上沒有一個溫暖的。

有時候我不知道自己要的是什麼，不知道自己適合什麼樣的人際關係，我總是在人群中尋找孤獨，而在孤獨的時候又想要陪伴。

原來她們還有繼續聯絡。我的滑鼠直覺地點選過去最好的朋友，我看見她首頁至頂的文章，是她們四個人的照片。

我仔細地端詳那些既熟悉又陌生的臉龐，驚嘆這些年的變化，竟然讓我沒有在第一眼就認出來，也感嘆自己這些年都沒有出現在這些照片裡。

她們看起來過得真好，照片裡的人笑得很開心。

每點開一張照片，我就看見自己的失去。在那些笑容裡我因為找不到自己的存在而感覺迷失。

明明是我先拋下的，可是我卻感覺自己被人遺棄；我離開人群，卻說沒有人和我站在一起。

原來這才是真的偽善。

我終於認清自己是一個不會交朋友的人，我並沒有真的想去認識別人，也沒有真心地把自己的心打開，讓別人有機會來認識自己。

我困在自己的悲傷裡面，看見那可怕的忌妒和後悔，我知道一切的快樂與傷心、獲得與失去，都是自己選的。

我就知道我不該來這裡的。我按下右上角的關閉視窗，決定繼續躲回自己的世界裡。

有時候
我寧願相信
擁有是一種匱乏

小時候母親常常教我要惜福，不只食物不能浪費、不能挑食，買任何東西還要經過縝密的思考和計算。她說在她那個年代，家裡貧窮得讓小孩都吃不飽，一餐裡如果能有一塊肉或一顆水果，就稱得上豐盛了。

我大概無法體會母親的感覺。像我們這樣的時代，喜歡的東西就算付運費也覺得划算，我們從來不用擔心吃不飽，反而因為有太多選擇，而必須捨掉一些食物才能換回健康。

我還知道母親從小就愛音樂，她說在她國小的時候，最羨慕班上那位會彈鋼琴的女生。

「每一次音樂課開始之前，老師都會請她上台彈鋼琴給全班聽。」母親說話的時候，我感覺自己也回到她故事的場景、參與了她的記憶。這些畫面在她腦海裡沒有褪色，她很清楚自己有多羨慕。

母親說當時家裡買不起一架鋼琴，她也不敢夢想自己能擁有，於是每一次當那位女孩上台彈鋼琴的時候，她就會盯著她的手指看，然後偷偷地記下每一根指頭擺放在琴鍵上的位置。

母親會在下課的時候將琴蓋打開，彈出腦海裡記得的位置和旋律。母親驕傲地告訴我，雖然她看不懂譜，可是她真的彈出來了。

她笑著跟我說，小時候她會把家裡做生意的大紙箱立起來，用奇異筆在上面畫一格一格的黑白鍵，她都是這樣練習的。

每當手放在上面的時候，彷彿就能聽見聲音。

所以母親讓我從小就學鋼琴。

像是圓了母親小時候做不到的夢那樣，後來我也念了音樂系。我踏進古典音樂的殿堂、擁有自己的一架鋼琴、從小就是班上那位學鋼琴的女生。

但其實我念音樂系的原因很簡單，在我十五歲那年，母親買了《交響情人夢》ＤＶＤ給我，我看見女主角在陽光灑進琴房的時候，彈了一首貝多芬的〈月光〉，男主角循著琴聲跑到琴房的窗戶邊。

那是男主角和女主角第一次遇見彼此的地方。

我幻想著自己也有那一天。於是我也去報名了音樂系的考試。

學音樂對我來說從來都不是因為任何偉大的抱負，或是要替誰完成理想。我的心裡沒有那樣的念頭。

只是甄試那天，我的鋼琴考差了。我沒有考上女主角的主修樂器，鋼琴成為我音樂系的副修。

那時候我還小，但我感覺老天爺在捉弄我，祂一定是在對我開玩笑。我一路哭著回家，眼淚不停地掉，即使身邊的人安慰我至少還是考上了，可是我知道那不是我最想要的東西。

好像事情不如預期的時候，我們就會覺得自己不被重視、覺得自己很渺小。我不是女主角，所以我沒有考上鋼琴主修，這個世界上永遠只有女主角可以決定自己的方向。我心裡這麼想著。

我的夢想碎了，我不是受上天眷顧的那一個。

記得與鋼琴老師第一次見面的時候，她讓我彈鋼琴給她聽。

我選了一首孟德爾頌的〈威尼斯船歌〉。彈琴的時候，我像是說話一樣地帶出指尖上的每一顆音符，我把身體的姿態壓得更貼近鋼琴，彷彿這裡沒有別人。

那是我們第一次見面，整間琴房充滿了巨大的寧靜和悲傷。她在我最後一顆音符消散之後，仍然沒有說話。

只是靜靜地看著我，彷彿她聽得出我音樂裡的傷心。

「你以後想當鋼琴家嗎？」老師問我。

我不確定自己是不是真的能回答這個問題，畢竟對於一個國中剛畢業的女生來說，成為明星應該是每一個人的夢想。

我不確定她是不是真的那麼認真地提問。

我停頓了很久。

我感覺我沒有說話的時候才是我的答案。

琴房裡的空氣瞬間變得踏實而且具有力量。

「我想成為我自己。」我說出了前一秒跑進我腦海裡的句子。

我沒有把目光看向她，只是繼續說話：「成為自己意味著只是活著，活著本身是沒有目的的。我沒有要去哪裡、沒有要把鋼琴家當作是我的目標，音樂不該為任何目的服務，我覺得人只要順著自己的心走，就會抵達自己想要去的地方。」

我沒有目標，我只想要好好地彈琴。這些話聽起來很消極，但我覺得自己很勇敢。

我想起以前的國中老師，在考試前對我們全班說的那句話：「你們活在這個競爭的時代裡，一定要往前看、朝著目標前進。如果還這樣混混沌沌的，這個世界就沒有你的位置了。」

他為我們嘆氣，為整個世代嘆息。

真是悲傷，我的心裡也為自己嘆了一口氣。

雖然我知道世界很大，但人真的一定要用功念書才有出路嗎。有好多事情我都還不確定，好多的夢我還想去追，人非得要有明確的方向和目標，才值得活著嗎。

我把老師的話聽進去了，但沒有放在心裡。我知道我一直都不是一個那麼有野心的人。

離開琴房之前，我不禁在想，要是母親聽到了我的回答，她會不會生氣或是不諒解，也許她是這個世界上最希望我成為鋼琴家的人。

後來，我看著班上同學一個個參加國際鋼琴比賽，每年還籌了很多錢出國參加音樂夏令營。

相較起來，我在音樂系的這些年，像是躲在自己洞穴裡的叛徒，我讓自己盡量地遠離人群，讓自己看起來與世無爭，還有點可憐。

我憑著一股純粹的熱愛，唸完了音樂系。對我來說學音樂最大的目的，大概就是為了在音樂和藝術的世界裡，能比一般人更盡情地遨遊和享受吧。

有時候會覺得，如果當初我那麼順利地考上鋼琴主修，也許現在的我就想當一個鋼琴家了。

我因為失去了那樣的機會，所以有更多時間去探索自己，也因為接受了自己的不足，所以看見自己手裡握有的東西。

過了這麼多年，我才感覺失去是另一種獲得。

當初我也曾經那樣廢寢忘食地念書、拿自己的才藝四處比賽、收集厚厚一疊獎狀回家。

大人們在我們都還小的時候，頻頻告訴我們要努力、要用功，彷彿抵達目標的終點就是人生唯一的目的。

可是在這場競賽裡，我反而覺得自己去到了更遠的地方。我贏了別人，卻失去了自己。

好像在我們的教育裡，缺少了一塊很重要的東西，是我們應該如何與人共處、如何不把這個世界的比較放在自己身上、如何在這樣劇烈競爭的社會裡不卑不亢地前進。

每一個大人都曾經面對生命中的徬徨、焦慮時刻，可是也都是從自己的挫折和困惑裡不斷碰撞然後長大。我們都不是在任何教科書或老師們的訓話裡得到解答和安慰的。

十六歲那年，我因為這樣的目標而感覺迷失了。

有段日子，我竟然不知道自己為了什麼而彈琴，不知道為什麼我必須拿到那個獎盃才會感到快樂。

我找不到心裡最初的答案：「因為我真的喜歡」。

我花了好大的力氣去釐清自己的喜歡、去還給自己一個清白——我不是因為想要得到任何獎賞才那麼努力的。

那時候我才知道，原來目標只是大人要你往前的一種手段，誰知道你那麼聽話地就一直跟著那個誘餌走了。

有時候我寧願相信擁有是一種匱乏。

我們擁有得太多了，多到來不及去消化自己的每一份喜歡。也許精煉地去挑選自己的喜歡和不喜歡、適合和不適合，才是真正的不浪費和珍惜生命吧。

不當鋼琴家，我一樣擁有了生命的全部啊。

「我想成為我自己。」多年後，這個勇敢的句子仍然會在每一個下決定的時刻竄出來。我知道我必須先成為自己的女主角，才會安於每一條道路。

無論自己走的是哪一條路，都要相信這是生命給你最好的禮物，這麼一來，任何的追尋都算是抵達了吧。

知道自己「不要什麼」也是很重要的事

我們總是期望所有的付出是有用的。

那天，老師在台上說得賣力，我看他手裡拿著麥克風和簡報筆在那揮舞，一下子走到這裡，一下子又走到那裡。他的眼神關心著每一位學生，只可惜台下的觀眾已經累了，他們的眼皮沉重地就要進入另一個世界。

那是一堂師資培育生必修的通識課。每到星期三，八十幾個未來老師就會這樣齊聚一堂，我是其中一個。我們都是上了一整天的課，然後再一起回到這裡的。

這是星期三的最後一堂課——生涯規劃。

我其實不太確定這堂課是不是說給我們聽的，畢竟我們都走到了這裡，現在才去規劃自己職涯的發展，難免令人擔心。我們都應該是最清楚自己要什麼的人才對。

也許那是為了將來我們當老師的時候，要說給孩子聽的吧。但身為一個即將要當老師的人，我實在不知道自己能帶給孩子什麼。

明明已經是一個大人了，我們應該擁有更多力量可以去維護和實踐夢想，可是我卻退縮了。

好像長大之後，我們開始懂得拿自己的重量去衡量這世界上的每一個東西，懂得計算什麼東西符合效益、什麼東西才是這個社會認可的價值。

成為大人之後的我們，似乎再也不敢用那些看起來有點笨拙的姿態去追求自己的想望，只是按部就班、日復一日地做眼前該做的事，那些可以稱上看得到結果的事。

是誰給你這些包袱的，是教育嗎。我的心裡沒有答案。

我拿著老師最後出給我們的作業離開教室，紙上寫著：寫下你對「興趣」和「職業」的看法，下週三交。

他要我們寫出「興趣」和「職業」兩者之間的差異和結合的可能，例如人該怎麼找到自己的興趣，還有你該如何把興趣成功變成你的職業。

我一點也不意外老師把這兩個題目放在一起，但我還是忍不住笑了出來，他這樣說，不就是認定這是兩個相斥的東西嗎。身為一個老師，我應該要比任何人都更相信我可以為孩子達到這樣的理想。從教室走回寢室的路上，我是這樣告訴自己的。

老師特別交代我們至少要寫一千字，他說不要把這個當成作業那樣寫，它應該是自己交給自己的功課。

也不知道為什麼，這樣的題目一旦有了字數和時間的壓力，我就感覺自己一定寫不出來。老師是真的想知道我們心裡的答案嗎？

紙很輕，可是拿在手裡我卻感覺沉重。

那天我是班上最後一個離開教室的人，總是這樣，我會看見每一個人從我身邊經過，看見他們已經去了很遠的地方。

我收東西的時候很慢，不像其他人那麼精準和快速，我感覺他們好像都知道自己要去哪裡、知道自己要成為什麼樣的人。

我不是想當老師嗎，從小到大我都想當老師啊。我想起自己小時候有一次才藝表演，我把自己打扮成老師的樣子。

我拿著粉筆在黑板上面寫字，還向母親借了麥克風，模仿英文老師說話輕聲細語的樣子。

那是國小一年級的事了。當時我只會簡單的幾個單字，可是還是很認真地要教大家唸英文。我帶著每一個看我表演的人從唸拼音開始，我認真地幻想著自己有一天真的會站在那樣的講台上，對著很多很多人說話。

那時候所有的大人都笑了，他們說我很勇敢。

後來那份作業我遲交了。

老師唸到我名字的時候，我說我還沒寫。我寫不出來。

對於一個只有一千字要求的作業來說，我是有點過分認真了。

我每天都在想，為什麼大家都說興趣無法成為職業、興趣如果當成職業就很難會是自己喜歡的樣子。

是不是因為我們不相信他能夠靠畫漫畫溫飽自己，還是因為我們擔心當一個孩子將興趣變成職業後，他會缺乏那個轉換壓力的能力。

明明自己已經踏在「成為老師」的道路上了，可是我卻開始懷疑那是不是我真的想要的。我看見每一個坐在這裡的人都比我確定，在他們堅定的眼神裡，我只看見自己的迷茫。

從什麼時候開始，我們的生命都這樣被安排好了？

我們的時間理所當然的被切割成一堂一堂課，我們必須念好那些自己不那麼喜歡的科目，時間到了你就該做選擇，你要在這個社會允許你犯錯的時間裡，去找到自己的出路。

我以為我會很順利地當上老師，我會去實習，然後參加國家考試。

當我看見身邊的同學，一個一個在限時動態發布他們拿著教師證的照片，和即將入職的學校合影的時候，我才驚覺到自己原來已經離這條路那麼遙遠了。

如果當時的我再撐一下，也許現在也在某一間學校當老師了吧。

我記得那時候我是在學校宿舍裡做出決定的。

我拿著手裡的放棄師資培育生資格同意書，用手機撥了電話回家。

早在這通電話之前，我已經準備了一百零一個放棄當老師的理由，我要說給父母聽，我也必須接受他們的拷問。

「也許我不那麼適合在學校教書，我不確定自己是不是真的喜歡這樣穩定的生活。」我的眼神在猶疑，我其實真的不確定，不確定自己會不會後悔，不確定下哪一個決定才是對的。

他們問我接下來有什麼打算，我說「我想當一個站在舞台上的人，也許是演員；我也想當記者，我喜歡接觸各式各樣的人，喜歡聽別人說故事，我想要這樣四處去採訪。」我把埋在心裡很久的話說出去，沒有期望被誰聽見。

父母總是擔心孩子的，他們不是阻止你追夢，只是怕將來的你會無法靠自己的力量撐起自己想要的世界。

父親聽完了我所有的自白，緩緩地說了一句：「辛苦了，要做出這樣的決定一定讓你很害怕吧。」父親在電話裡張開了他的手臂，我感覺只是這樣的理解，就足夠擁抱和撫平我這些日子裡所有的不安。

「你是一個大人了，你要為你自己的選擇負責，要有承擔成功和失敗的肩膀。」父親這樣說。我在電話的另一邊點著頭。

後來，那份作業我交出去了。回頭來看，我的確是寫給自己的。

我在紙上這麼寫著：「倘若要知道自己喜歡什麼，那就去看自己在生活裡做哪些事情，是即使別人看不見也願意持續做下去、毫不怠懈的。」

我覺得一個人會找不到興趣，往往是因為我們只知道別人喜歡我們做什麼、只知道我們「擅長」做什麼，甚或是我們已經先想了「這個興趣將來能為我們賺多少錢」的答案。

明明生命有無限種可能、人可以是無限種樣子，可是我們卻畫地自限地認為所有付出的時間和學習都應該帶來相對的結果。

我們總是期望所有的付出是有用的。

也許在人生中很多個抉擇裡面，我們不見得都知道自己想要什麼，但知道自己「不要什麼」也是很重要的事。

我很慶幸當時的我，可以很誠實地面對自己，沒有帶著這樣的不確定繼續走下去。

也許看見別人當老師，仍然會讓我感覺有些嫉妒，但是我知道當時選擇放棄的自己，也是很有勇氣的。

忽然覺得自己不只寫好了那份作業，還踏踏實實地在自己的生命裡實踐了呢。

收納心事的盒子

我是一個喜歡記錄生活的人，尤其特別會收集、整理自己的心情。

小時候我會把心事寫在小紙條上、摺起來，收在一個紙盒子裡，乾乾淨淨、整整齊齊，然後用藏寶藏的方式收在書櫃最隱密的地方，有時候會特意拿幾本書掩飾起來，不讓任何人看見，因為我要這個地方完完全全只屬於自己。

這是我每一次處理心事的方式，把盒子拿出來、寫完再好好地放回去。

「藏」的動作或許有些繁複，但對我來說卻是很必要的過程，感覺當心事經過了書寫、對摺、放下、歸納、收藏的流程之後，心裡的波折才會真的落幕。

這個世界太大了，總覺得說話的人盡是那些看起來成熟的人，孩子們的聲音顯得微不足道，甚至不值得被聽見。因為他還小，所以他會覺得這個事情很大，大人們不平等地看待一個孩子的失去和傷心，以為自己真的成熟，他們忘了孩子也是擁有世界的人，他們也用著自己的眼睛在看這個世界。

我以後一定不要成為那樣指使別人的大人。其中一張紙條這樣寫著。

我常常因為大人的自負而感覺受傷，在還沒長大的時候，我已經知道自己要成為什麼樣的人，至少不要像他們一樣，我寫在紙條上這樣提醒自己。但對摺的時候竟也矛盾地在期待著，有一天這張紙條會被打開，給大人一個教訓。

我們只能這樣說話給自己聽，為自己打造一個儲藏心事的地方，自己給自己安慰。

對我來說，盒子的功能不只是收納紙條而已，是一個孩子知道自己即使在外面受到了委屈，也仍然有個能裝載自己的地方，一個只為包容悲傷而存在的地方。

好像從小我就學會了重要的技能，能夠自己照顧自己、能夠知道自己需要什麼、知道如何給自己安全感。

後來我離家到別的城市念書，搬了幾次家，房間被修修改改很多次。

有段時間我找不到那個盒子了。它沒有被我收進行囊裡，甚至我忘自己曾經有這樣的盒子。我想就算記得我大概也不會把它帶走。

盒子像是沒有存在過那樣消失在這個世界上，沒有人去找、也不再被需要，盒子裡面收納過的心事也逐漸被我遺忘，好像它注定永遠是個秘密、永遠乾淨地活在過去。

住學校宿舍的那段時間，我與八個人同住在一間寢室裡，那裡根本不可能藏好一個盒子，那一定會被發現的。我感覺盒子的堅固只會更顯得一個人的脆弱，不見了也好。

只是後來，我處理心事的方式變得草率許多，沒有那樣多愁善感的分解動作、沒有記錄或發洩，有時候只是平凡地虛度時間、做一些無關緊要的事，讓自己行屍走肉地如一攤爛泥。

盒子的純淨，讓負面的自己看起來醜陋許多。那時候我感覺再也沒有一個容器可以把分散一地的我裝起，它骯髒的不值得再被拾起。

即使這樣，回過頭來我仍感覺這樣的改變和修正是必要的。人必須出走、必須去很遠的地方闖蕩，才能把自己看得更清楚。說是修正也許並不恰當，那比較像是一種摧毀，是你摧毀自己原本最想保護的東西。我發現那些像信仰般地以為堅不可摧的東西，其實都很脆弱。

我發現原來自己並不擅長整理悲傷。

我看見自己別無選擇這樣刮破自己，那是生命必須經歷的下一步。

有時候我需要靠破壞秩序才能得到快樂，我不得不相信糜爛是治療自己最好的方式，我怪那個太習慣把心事整理得乾乾淨淨、整整齊齊的自己，好像生命脆弱地不堪一個汙點，一點點灰塵就沉重地不能再前進。

處理心事的盒子怎麼能有潔癖。

如果悲傷必須有華麗的外衣才能被收留，那麼殘破不堪的靈魂是不是就注定永遠是個孤魂，永遠沒有機會被拯救。

所幸我找不到那個盒子了，沒有裡跟外的差別就沒有碎片和整全的區別了，我可以是任何樣子而不會被拋棄、我可以不為任何期待只是呼吸只是活著。

有些事情即便那看起來不完美，也不應該被淘汰，傷心不只有一種樣子，處理心事的盒子也不應該只有書寫、對摺、放下、歸納的這一種。

以前我總以為盒子能安放悲傷、處理情緒、修理破洞，後來才發現盒子才是我和這個世界互融的阻礙，以為戴著面具就可以隱藏對別人的討厭、以為把骯髒的部分過濾掉就可以變得完美、以為躲在盒子裡就不會再傷心。

有些東西遺失久了，會覺得自己不再擁有他、他也不再屬於你，因為知道心裡的某一個區塊還在隱隱作痛，你必須保護自己、與他保持距離，於是會告訴自己：過去的就讓它過去。

即使有一天，他再一次出現在你面前，你都會不敢把自己靠得太近。

不知道為什麼我的心裡竟會湧起一股害怕和怨懟，我看到那個盒子了，在某一次回家整理房間的時候，它被塞在書櫃最隱密的地方，連自己都沒有看見。

因為害怕看到自己的過去嗎，還是在責怪自己的粗心大意。我不確定這些複雜的情緒分別代表著什麼。

我看到那些紙條原封不動的躺在那個盒子裡，所有的摺痕都在。

我不禁在想，那時候怎麼想得到當盒子再次被打開的時候，世界已經和你想得不一樣了。

我先是打開一張、第二張，然後我再也不看了。

我感覺自己打開的是一個像時空膠囊的東西，是我與過去的自己交換的信物，這些東西我究竟是寫給誰看的，是未來的我嗎？還是當下的自己呢？

即使已經增加了那麼多年歲，我仍然沒有看清楚那些字跡裡隱藏的複雜情緒，我從不覺得當時的自己太小，也不覺得現在的自己就足夠成熟。

明明他可以繼續埋藏在那個時空裡，可是還是被我找到了，我坐在地板上，腳圈著一張又一張的紙條，明明很熟悉可是也覺得好陌生。

離開家之後，我好像把這些都遺忘了，我帶著新的眼光、新的樣子回頭觀望，實在不曉得該如何重新看待這一切，要如何在把這些東西再放進我的生命裡。

也許它早就內化成我的一部分，我與這個世界的溝通早已不再需要這樣一個盒子的幫助。

我感覺當時的自己並沒有看見世界的全貌，當我去了更遠的地方、看見更多更不一樣的人之後，才知道自己是很渺小的。

即便如此，小時候的自己還是很努力地在自己的地方描繪世界的形狀，她把小小的自己放在盒子裡面，它讓她學會喘息、學會處理悲傷、學會生存。

好像當人往前走的時候，過去的所有東西就開始破碎了，我們會因為遇見不一樣的人、感受不一樣的溫度，而自願把自己組建成自己更喜歡的樣子。

我看見盒子裡面有很多過去的傷，有些傷口癒合了，有些仍然感覺遺憾。小時候的我，也許錯看了這個世界，當我用自己眼光看世界的時候，也帶著這個世界能符合自己想像的期待。

於是我們都很受傷，我們都感覺自己被深深地傷害了。

人有時候需要一個盒子，一個小到可以藏在書櫃的角落、一個別人永遠不會發現的地方，然後用自己的方式整理自己生命裡的碎片。

但每當盒子藏得太深，就容易連自己都看不見，所以我更希望它可以大到是整個世界，或是把整個世界當作是自己的盒子。

那樣心事就不需要藏，因為藏本身的願望就是期待有一天能被好好地珍惜，而不需要任何的偽裝。

好好生活，
不是為了
向別人證明什麼

我在 2019 年創立「青與棉木先生 @163＿＿＿＿＿」這個帳號。起初這裡是一個不公開的平台，我沒有讓身邊的朋友知道這裡的存在，我不露臉、不在裡面表明身分，也沒有說出自己真實的名字。

對我來說它就是一個小帳，一個讓我可以安心躲起來，私密到幾乎要與我無關的地方。如果你再問下去，我會告訴你那是一個我終於不需要交代自己好或不好、不需要接受安慰的地方。

創立這個帳號的原因有三。一是我想對自己更誠實；二是，我希望能沒有包袱地寫作；三是我想知道在一個沒有人看我的地方，我會說些什麼。

我才發現自己有多麼討厭網路世界的社交，原來我總感覺那裡很不真實，是因為我總是會在公開的貼文裡盡說一些自己的好話，我從沒有想要把真正的自己交出去。

我躲在螢幕後面，以為它可以讓我更坦然、更自在。可是並沒有。有時候我已經躲起來了，可是我知道我還是會被找到，而且無處可逃。

網路世界裡的即時和便利，讓我變得更加虛偽。我學會摀住自己的良心打字，因為我知道沒有人看得見我的心。

沒有人知道我的失敗、沒有人認識那個躲在螢幕後面，多麼渺小的我。

那時候我感覺自己需要計畫一場逃跑、需要捨離這些關係，我期望自己至少能對自己誠實一點。

於是我開始大量地在網路上寫作，以「青」這個名字開始寫日記，開始懂得只為自己說話，把那些故事都還給自己。

那是我從零開始的地方。像是孕育一個新的生命一樣，我把自己的靈魂放在裡面，用「青」這一個字讓自己重生。

我終於可以不用害怕誰看見了，可以誠實地說出自己的喜歡和不喜歡，可以把全部的自己都傾倒出來。

「你的發言是為了告訴別人什麼嗎？為什麼你需要分享自己的東西給別人看？你是不是不知不覺用了一個更高的姿態說話？」我想起

當時念研究所的時候，口試那天老師問我的話。

當時我不知道該怎麼回答這個問題，一直以來我好像都不知道自己原來有「展現自己」的慾望。

明明都是一些傷心的事，為什麼還是期待被看見；明明和自己說好要躲起來了，可是還是為自己創了一個角色，讓自己重新開始。

我來不及告訴她，不是每一滴眼淚都是為了得到安慰，不是每一次說話都期待被仔細聆聽，但我的確認為傷心是需要被聽見的，我想讓這個世界知道——有時候我們並不快樂。

我在這樣一個匿名的地方，打開自己心裡的黑盒子，我看見自己對生命的困惑、對人的遲疑、對自己的自卑。

但我仍然喜歡這樣的自己。

也許那看起來有很多的缺陷、一點都不完美，可是她非常真實。

我感覺那才是我原本的樣子。

我透過書寫，走進自己最黑暗的地方；用文字清掃那些心裡堆積的落塵。

我開始習慣每天都寫一些字，習慣用更細緻的眼睛去看世界，也接受自己在不同的生活容器裡有著不一樣的形狀。

因為這樣的接納，我才發現黑盒子裡面，是有光的。

這個光不是任何人照進來的，那是從自己身上發出來的光。是因為我們把眼睛帶進黑暗裡，這樣的包容使它明亮。

許多讀者問我為什麼這個帳號的類別是「修道院和僧院」。

我是一個佛教徒，但其實不知道為什麼我總是不敢向身邊的人這麼說。

也許是因為自己身邊的佛教徒都是年齡稍大的長輩，我怕自己的虔誠會讓身邊的朋友覺得有距離，怕同儕之間耳語說我迷信。

也許他們沒這麼想，可是我就會這麼猜。

我總是把很多自己的害怕和擔心冠在別人身上、安他們一個罪名。因為害怕聽不見自己的聲音，所以我樹立了自己的世界，以為他們與我為敵。

不知道那是不是我長期的癡心妄想，有時候我只能先把它們收進口袋，在自己的世界裡重新開始，用這樣的方式保留自己的乾淨和偏執。

至少那讓我在寫日記的時候，可以放下自己的尊嚴、可以很脆弱、可以很骯髒，當我難過的時候不造成別人的困擾、寫心靈雞湯的時候不用害怕被嘲笑。

我可以保護自己的誠實，而不會被誰傷害。這裡從頭到尾都沒有別人，只有一個不斷唱獨角戲的自己。

也許當時老師看穿了什麼，是連我自己都沒有看見的。也許當時我太急著想把自己的獲得攤開給別人看，太急著想要站在一個高處說話，於是每一次都感覺對自己失望，覺得那樣的展示把自己都掏空了。

這些年，我為了維護自己在網路上的這方淨土，我學會在現實生活裡保持安靜、低調生活。

總覺得越高調的生活就越辛苦。因為不希望讓別人擔心，或有機會讓別人關心自己，於是像個魁儡似地不斷要求自己做得更好。

也許那些炫耀文並沒有不對。

那些想要被看見的自己，也是「我」的一部分啊。

「不要因為探了別人的生活，就對自己的生活感到自卑。」我想起某一天日記裡寫下的這段話。

後來的我選擇低調生活，是為了讓自己不會活在別人的世界裡，也讓自己不會活在自己幻想「別人怎麼看我」的眼光裡。

好好生活，不是為了向別人證明什麼。也許我們的生活從來都可以不用向誰公開，我們的努力不需要為任何的眼光交代。

如果哪天看到別人過上好的生活，要把它當作是一種互相激勵啊。

我們都不必羨慕別人，也不必為了自己的不曾擁有而感覺羞愧，只要在自己的世界裡好好努力，有一天也會過上自己嚮往的好日子的。

生命本身就是目的，
沒有任何地方需要去追尋，
光是存在的力量，就很足夠了。

我感覺人是透過觀察所以長大的，
因為看過很多種樣子，
所以知道自己要成為什麼樣的人。

有時候我更願意相信生命有它自己的出口，在面對困境的時候，人會找到自己內在原生的力量。

我感覺只有當我拋開過去的聲音，聽聽自己、看看現在，我才會知道自己所擔心的都是在幻覺裡，於是才能讓自己從困境中走出來，不再害怕，為自己帶來真正的平安。

人是

透過觀察 長大的

我沒有要去遠方

高中和大學時期，我是一個普通的音樂系學生，每天去琴房練琴是我的日常功課。

比起學校幫我們配好的小琴房，我更喜歡在無人的大教室裡練琴，我喜歡寬敞的空間讓每一次琴鍵敲擊的聲音，都能聽見足夠飽滿的迴響。

我尤其鍾愛這間 116 教室。

這裡有大片的窗戶，能夠看見外面行走的學生和高大的綠樹。我會把教室裡的每一片窗戶都推開，好像水泥牆的隔閡是不存在的，我讓陽光灑進來，用自然的風取代冷氣，我常常在期待外面的樹葉哪天能飄進屋子裡。

我身邊有很多的朋友都說不喜歡這架鋼琴的音色，不喜歡它的悶騷，說那像是一個沒有開嗓歌手的鼻音。

我倒是滿喜歡的，這樣溫溫的聲音聽起來像是曬過陽光的暖被，可以聽見很多的熱氣還集中在被子裡未散開來，能量在裡面匯集，我愛極了。

於是每一次只要沒課的時候，我都會和學校申請獨自在這間教室練琴。

那天，我和往常一樣在 116 教室。

我先在教室裡吃早餐，讀一點譜、用鉛筆在上面做一些和弦變化的筆記。

陽光和煦，風微微地吹來，樹枝搖曳的種種姿態都一一地進入我的眼簾。有時候我並沒有很認真的練琴，刻意讓自己保持一點彈性，想在自己與音樂之間多留一些空白，我想用更舒服的方式和音樂相處。

把手擦乾淨後，我翻開譜，開始演奏那首每一次都讓我揪心的布拉姆斯第二號間奏曲。彈到一個段落後，我自然地停了下來，眼睛順著窗戶的視線對上了外面的大樹。

忽然間，我和離我最近的大樹相視了，那種感覺像是收音機裡的雜訊突然對上了某個正確的頻率那樣。

我竟然懂得他的語言，竟然聽見樹在和我說話。

我從來都沒有想過要仔細「傾聽」樹的聲音，雖然書本上說樹是有生命的，但是即使每天經過他、每天看，都不覺得他的生命是同我那樣「活生生」的。

直到那天我終於相信，書裡說的是正確的，樹是真的活著。

有幾次我和身邊的朋友分享這樣的喜悅，我告訴他們樹有靈魂、樹是鮮活的，他們說他知道，可是我卻感覺沒有人真的聽懂了我想說的話。

說穿了，我並不是用聽的、或看的，當時接收訊息的時候，是一種打破「語言」的溝通方式，那是一種很直覺的接收，像是沒有任何媒介那樣的互相知曉。

樹好幾千年來都在用自己的方式說話，但因為人不理解他的溝通方式，便以為樹不會說話、樹沒有感覺。其實樹他一直在用他的方式發出訊息，只是人接收不到。

人和人之間不也如此嗎？

立場的不同就會造成溝通上的斷線，她聽不見他的聲音，他也聽不進去她的。即使兩人都用力地對話、溝通，但是彼此尖銳、沒有放掉自己的成見，或頻率不對的時候，再怎麼努力都是聽不見的。

曾經為了讓大家相信我，我翻遍了文獻、找了很多植物神經學家的學說報告，證明植物是有感知能力並且有初等智能的。

即便如此，我仍感覺那些證明並不是我當下的感受。

我想說那是一種更直覺、有別於任何聽覺、觸覺、視覺的接收訊息的方式。

人們最常問我：「那你說，樹跟你說什麼？」

我的回答是：樹沒有說什麼，但也什麼都說了。可惜的是，沒有人滿意這樣的答案。

沒有人想知道我感知到的樹他有多麼快樂地存在在這裡，沒有任何的目的，沒有特別要去哪裡的。純粹的「在」就足以讓它如此滿足。

好像我們都習慣被教育成「人生應該要有個目標才得以前進」，於是我們都不再相信生命本身就是力量。

所以我們再怎麼努力地奔跑還是覺得不夠、不夠，因為我們總是往未來看，而從來都沒有和當下的自己在一起。

我回想起當時在 116 教室的我，之所以能聽見樹的聲音，是因為我在「這裡」、沒有任何的目的。

我沒有一定要把琴彈好、沒有在等風，我是那麼的慵懶、沒有任何的願望，所以能像一個海綿一樣全盤地吸收映入眼簾的事物、不帶一點雜念地看見最真的東西。

因為我沒有逃離此刻，所以我能在這裡，與也正在「當下」的這棵大樹相遇。

雖然我知道生命中有些快樂不一定要分享，因為有時候美好的意義在於你與他之間純粹的關係，但我還是想要仔細地記錄下當時的心情和故事，我想留一份鑰匙給未來的自己當作提醒。

——生命本身就是目的，沒有任何地方需要去追尋，只是存在的力量，就很足夠了。

我感覺這是樹當時要告訴我的秘密，我知道它是一份非常珍貴的禮物，希望無論我到了哪裡，都能記得「當下」的一切就是寶藏。

在別人身上看見自己

從小我就喜歡坐車，大概是因為小時候愛哭吧，父親常常會開車帶我去兜風。他說有一次半夜我哭得厲害，他把我抱到車上、搖下車窗讓風吹進來，移動中的車子像是一個巨大的搖籃，我總是能在車裡安心地入睡。

長大之後我更喜歡坐車了，我喜歡默默地觀察車窗外的變化，喜歡自己再怎麼細膩的觀察路人都不會被發現，喜歡看見外面再大的風雨都打不進來。

我享受待在玻璃窗裡面備受保

護的感覺，好像移動中的身體會讓我的心變得特別平靜。

那天父親帶全家出門，我坐在左側的後座，一路上都聽得見全家人聊天嬉鬧的聲音，我喜歡坐車、喜歡全家人聚在一起，雖然我沒有說話，但心裡滿是歡心。

我隨意地看向窗外，像平常一樣看到形形色色的人，有白髮、黑髮、金色頭髮、紫色頭髮、黃皮膚、黑皮膚、高的、矮的、胖的、瘦的、男男女女、還有老人和小孩，我看見有好多的人穿梭在這個街道上。

我只是這樣在車裡的窗框看著。只是這樣看著，可是在某一瞬間，我卻在這些人身上看到我自己的樣子。

我看見那些與我不相識的陌生人、那些外表看起來與我那麼不相同的人，都有我自己的樣子。

我在窗子裡看見自己在外面走路、看見自己同時也在那裡等紅綠燈，我看見她的奔跑、看見他的無精打采、看見人群的聚集，我看見自己的無限種樣子，看見自己在一個時空裡同時存在的可能。

這世界上沒有別人啊。

這世界上無論膚色、年齡、性別再怎麼相異，全部都是我自己，也都屬於每一個人。

「這怎麼可能，難道我討厭的人也都是我自己嗎？」我開始懷疑、開始檢討這一切的誤會是怎麼開始的。

那些說話尖銳、個性與我相異的人，怎麼會是我自己。我想起以前跟朋友吵架的畫面，想起每一個讓我受傷的句子，想起我忍住不流的那些眼淚。

我的腦海中一一過濾他們的臉龐，那些令我厭惡的元素依然存在啊，可是有一瞬間我好像終於明白了讓我心碎的原因。

從小我就是一個不擅長吵架的人。我可以聽話，但我不喜歡溝通。

我不習慣把心裡的話說出來，也不習慣要誰來聽自己說話。我深深地知道「我們是不一樣的」，再怎麼磨合也只能是表層的和諧，人永遠無法奢求另一個人真正的理解自己，對吧。

我們每一個人生長的環境是那麼地不同，受的教育、社會化的程度也不一樣，每一雙眼睛看出去的角度不同，世界就是他所能看見的樣貌。

但是，世界真的有很多種樣子嗎？我不喜歡他，真的是因為他令人討厭嗎？

我馬上轉頭看向車內的家人，父親正在開車，母親還在跟著廣播裡的音樂自然地擺動，妹妹依然是面無表情地滑著自己的手機。

我看見這個社會賦予我「家人」的意義，在這一刻消失了。不只膚色、年齡、性別，還有身分地位都是沒有差別的，不會因為你特別討厭或特別喜歡誰，而讓你們內在的連結改變。

在那一刻，我腦海中重新思考了什麼叫「媽媽」，也重新看見「媽媽」是什麼、「我們」是什麼。

那感覺就像是自己在麵包工廠，看見一個麵團可以做出千千百百種形狀，也許是蠟筆小新、櫻桃小丸子、哆拉A夢，但無論摺成什麼形狀，你知道他們是一樣的，那都不會影響他們彼此的關連——同一個麵糰。

我就是在這樣形形色色的人群中，看見我們都來自一樣的地方。我把這個故事這樣說給身邊的人聽，心裡是有些沮喪，我知道我永遠沒辦法用文字重返當下的震撼。

差異並沒有改變，當時我的父母都還是我熟悉的樣子，我們之間的個性仍然是那麼地不同，可是生命是巨大地能包容這一切的差異，讓我們真正地相連在一起。

宇宙給我們的愛是「同一」的，是包容所有「差異」的。

一瞬間我想通了很多很多事情。

怪不得常聽人家說「幫助別人就是幫助自己」。但我其實更認同

「傷害別人也是在傷害自己」這句，所有的一切最後都會再回到自己身上。

因為這世界上沒有別人啊。

你以為你在幫助他，其實他就是你自己，你是在幫助你自己，所以你感覺到開心和親切。

你以為你是真的討厭他，其實他也是你自己，你真的討厭的是你自己，因為你還不知道要怎麼包容這個缺點，還想把他排除在自己的生命之外，所以你感覺痛苦、感覺缺了一塊。

下了車之後，我總是會以這個經驗來提醒自己，即便生活中仍然會遇到不如意的事、與我互不對盤的人，但我知道我不用再那麼難過、不用再那麼認真的生氣。

因為每一個與我相異的存在都是我「其中一種樣子」，我練習著把這世界上所有的人都納為自己的一部分，要像愛自己那樣呵護和愛惜這世界上每一個人。

人與人之間之所以會有衝突，是不是因為我們總覺得別人不會痛、覺得他與我不同呢？我告訴自己，未來即使遇到了自己討厭的人，也都要記得用力地擁抱他們。

因為我們沒有不一樣，我們都是一家人。

別怕，我在。只是你不知道，但是我在

我時常感覺人是透過觀察所以長大的，因為看過很多種樣子，所以知道自己要成為什麼樣的人。

從小我就有一個癖好，是喜歡觀察年長的人吃水果，尤其喜歡看他們吃那種需要剝皮的荔枝、龍眼、香蕉等等，那畫面總是讓我忍不住定睛觀察，也許是因為在他們的動作裡，都有一個「慢」的品質。

這樣的美是模仿不來的，那是人與身體長久以來配合的默契，他知道需要花多少力氣可以到達那樣精準的位置，即使是緩慢的行徑裡，也能找到手與口最短的距離。

我時常覺得那樣的成熟儼然就是一種技法，看起來雖然簡單，只是把手裡的食物送進嘴巴裡，可是我卻感覺可以看見蘊含在動作裡面的功夫、歲月與身體培養出來的親密感，好像裡面還藏了他這一生待人接物的處世智慧，那是一般年輕人學不來的精神。

因為身體隨著不同的年歲有不一樣的形貌變化，老年與壯年不同，壯年與剛學步的幼兒又有所差異，那不僅僅是皮肉與骨骼上的改變，是連一個人在動中的姿態和展現都能看出一些端倪的。

令我著迷的就是這些在行動中，不小心流露出來的神情、氣息，我發覺這不只是個人的特質而已，這是每一個人都會歷經的熟成變化。

小時候我最喜歡看姨婆吃東西，那時的她近七十多歲，我看見她在拿取與進食的過程中，行雲流水、緩而綿長、乾淨而沒有任何的多餘。那時候我感覺到有一股「氣」，悠悠緩緩地在她的每一個細微的動作裡展開。

長成之後，才發現那是我一生著迷的東西啊，是我在閱讀、書寫、彈琴裡追求的安定感，動中有靜、靜中有動，在每一個動作裡帶出一層又一層更深的寧靜感。

小時候，人們走路的樣子和說話的各樣型態都是我喜愛觀察的項目之一，包括生活裡微小的靜物在時間裡的變化，也都相當吸引我。

記得有一次，我手裡握著大人的按壓式原子筆，那對於當時只能用鉛筆寫國字的我來說相當新奇，我先是反覆按了幾下筆尾端的按鈕，聽一聽從筆管裡發出來的清脆聲音，然後就馬上拆解了原子筆的每一個零件，觀察是哪一個東西使它可以這樣發出聲音。

我才發現原來是一物扣一物，如果沒有我的手的第一因，就不會產生後面這一個聲響。後來，我甚至花了不少時間去嘗試改變自己手施壓的力氣，讓零件摩擦的聲音縮到最小，我想像它有可能也可以是非常安靜的。

這些微小的快樂，來自生活裡對於一物一數的觀察，看起來雖然無用，但卻充滿可愛。像這樣對於人、事、物的好奇，讓我也經常以這樣的眼光看待自己。

記得在還沒上小學的時候，我就學會一個人長時間的觀察自己內體的變化。之所以說「內」，是因為我們的眼睛並無法直接看見自己的外型，我們只能用感知的方式去察覺自己的應對與感受。更別說我們深藏體內的五臟六腑了。

小時候我感覺到人的眼睛其實分布在身體的各個部位，甚至也在身體外面，人不只可以看得很遠，還可以探得很深。我能為自己治病，而且可以摸得到臟腑裡的微小細胞，大概每一個大人在變成大人之前，都能有這樣的能力吧。

成為大人之後，我很少這樣感受周遭的人事物了，我感覺時間永遠都在催趕著我到下一個事件，稍有停歇便覺得罪惡。靜物的美雖然在那裡等待著它的有心人，可惜人們一直不斷的錯過它，然後又汲汲營營的想去尋找。

記得有一次我坐在學校的圖書館裡，碩士論文的壓力沉重地讓我幾乎要抬不起頭，所有的思緒在腦海裡四處亂竄，某一刻我將頭抬起，眼睛平平靜靜地看向窗外，看著眼睛看出去的世界。

那片玻璃可以清楚地看見外面的一切動靜，但是外面卻看不進來。於是，我很仔細的偷看每一個走路的學生、說話的情侶、結隊的人群。

某一刻我看見了剛剛從那裡走來的自己。我看見她的等待、躊躇與停滯，看見她滿是憂鬱的氣息，看見她緩慢而沉重的腳步，那是我自己沒錯，我看見了自己的影子。是誰讓你這樣不開心，你真的不快樂嗎。我的心裡頓時間湧上了無限的疼惜、憐憫和懺悔。

在這樣純粹的凝視裡，讓我感覺到很大的安慰，我的雙眼睛透過物的映射告訴著我：別怕，我在。只是你不知道，但是我在。

後來姨婆去世了，那些動作都消失了，只留下記憶裡一些殘存的片段。好想知道我看見的到底是什麼，是人性嗎。我感覺她雖然走了，可是那股「氣」卻還留著，每當我定心做一件事情的時候，那個呼吸就與她是一樣的，彷彿我也能在自己身上，找到那樣的氣息。

記得有一次在表演課裡，終於有機會讓我模仿姨婆吃水果的樣子。那時候我心裡是興奮但也不敢大意，我認為這個表演是莊重的，我不確定自己能不能百分之百呈現我心目中姨婆最美麗的樣子。

表演的時候，整個空間都是寧靜的。我閉上眼睛讓自己回到記憶裡的時空背景，那時候我坐在她家的石椅上，她端出一盤水果招呼我們，要我們別客氣。我帶著一些重量像是自己端了當時那盤水果那樣地把手向上攤開，我讓自己感覺自己與她同在，而且與她融合。然後我坐回椅子上，手裡拿著一顆荔枝，用很緩慢的速度撕去一片又一片的外殼，我小心翼翼地把剝好的果肉送到自己的嘴裡。

所有的關鍵都在於嘴裡幽微的動作，那個過程雖然緩慢但是精熟，你知道她比誰都了解自己的牙齒，哪一顆不能咬、哪裡有空缺都清清楚楚的，她會把皮肉都細細咀嚼後，再用最後的力氣吐出完整的籽來。

我這樣靜靜、無聲地體會，才知道原來姨婆吃水果的時候，是那樣心無旁騖、專心而且安定的。只可惜下戲之後，我仍然對自己失望，我感覺自己還是沒有完全地表達當時姨婆動作裡那樣行雲流水、流暢自如的靈魂。

但我記得當時有某一刻，我在我自己的動作裡，好像聽見她給我的聲音，她說，「美」是她與自己身體的連結、是有了這樣的默契才生成那樣的韻律，如果我要去追尋，我便應該也去找到屬於自己的。

我感覺人是透過觀察所以長大的，因為看過很多種樣子，所以知道自己要成為什麼樣的人。

生活在這樣快速流轉的時代裡，我感謝當時能有機會看見姨婆安適在日常裡的樣子，她的動作一次又一次地為我的生活帶來緩而慢的提醒，讓我感覺每一個關照都是一次看顧，她會在遠方守護著每一顆期待平靜的心，只要我找到自己的「氣」，我就也與她同在。

接受「未知」的禮物

我是一個很膽小的人，除了怕黑以外，我也害怕突然大聲的聲響，還有高速行駛的車子。朋友如果從背後嚇我，即使是玩笑也經常讓我忍不住難過地哭起來；在每一次上飛機的時候，我總是需要在心裡做最壞的準備，然後我會告訴我的家人，我有多愛他們。

上幼稚園之前，我是不敢踏出家門的，外面那些快速奔馳的車子，讓我感覺這個世界很危險，有可能我一不小心就會死掉了。

我常錯誤地解讀那些我根深蒂

固害怕的東西，我感覺自己隨時都在死亡的巨獸裡被狹持、脅迫人身安全，我找不到世界裡的平安。小時候只懂得避開，長大之後的追根究底才讓我明白，我所害怕的東西──就是死亡。

原以為只有小朋友會這樣膽小，殊不知長大成人之後，這樣的擔心不僅沒有在我身上消失，還隨著我所認知的世界融合而又變化。

新聞說捷運上發生命案事件、列車行駛中發生死亡事故、藝人因罹癌去世，種種的資訊一下子進入我的腦海裡，我把它們一一地放進心裡面，以至於每一次出門的時候，我總是無法控制自己心跳加速，無法抹滅腦海裡的那些新聞畫面，心中的害怕時常讓我感覺喘不過氣，甚至對自己的出生感到疑惑。

也許是對死亡和生命的好奇，在研究所階段我訪談近十多位的癌症病友，我將他們的生命故事寫成一篇又一篇的文章放進論文裡，他們與我談疾病、化療的身體、還有他們面對的生死問題。當時不覺得害怕，因為讓我感覺更深刻的是他們在疾病面前的頑強與勇敢，他們讓我知道莊子說的「御六氣之辯」的境界是真實存在的，即使身體飽受疾病之苦，仍能將疾病轉化為生命向上的動力，在這樣的痛苦裡學會面對、學會反省、學會成長。當時的結論是這樣寫的——生命沒有什麼過不了的關，只要能乘風而行，就能以遊無窮了。

可是那畢竟不是自己，那是他們的境界，不是我的。畢業後，每當我肚子疼、月經痛的時候，我就想起他們的故事、想起他們的臉龐，我在想自己是不是有一天也會走上這樣的路，為什麼是他們罹癌，為什麼不是我。

我的心裡充滿了各種害怕，就連那次和棉木先生去花蓮玩也讓我身心焦慮。那時候我們一起搭乘普悠瑪列車，每過一個彎我就會閉上眼睛唸一聲佛號，腦海裡閃過的盡是當時的新聞畫面，恐懼的時候眼前是看不見風景的，我怎麼能確定這一趟旅程是平安的，事件裡的那些乘客也以為自己可以順利回家的。

我們可以決定自己生命的長度嗎？在列車上，我甚至在想自己所做的每一個決定是不是都出自於己，年輕時人人都有人定可以勝天的自信，但我們真的可以決定自己要去什麼地方嗎？

小時候母親生我的時候差一點就失去性命，雖然母女倆後來還是救回來了，但從小父親就常常以這個故事提醒我要珍惜自己的生命，他說：「你們的命是被救回來的，能夠活下來是一件很幸運的事。」我完全相信父親的話，但好多年了，我卻感覺自己被囚禁在他的善意裡，很多時候我不敢冒險，寧願待在安全的地方苟活，甚至在很小的時候我就立誓這輩子不會生孩子，我怎麼可能讓自己踏入像母親那樣的險境裡。

這樣的恐懼感在每一次事件發生前最大化，我把身體的痘痘以為腫瘤，把每一台車當作是肇事車輛，每一個從旁經過的路人都會讓我心生戒備，我感覺自己就要看到事故發生的下一秒，這些莫名的懼怕常常使我崩潰地哭泣，好像誰也救不了我這心裡的病。

記得與癌友訪談的那段時間裡，我的心裡總是很沉，好像有一個聲音不斷在腦海裡出現——你怎麼能快樂，你看到了這世界上有這麼多悲傷的事，你怎麼還能笑得出來。

我看見自己不僅無力改變現狀，而且還貪生怕死，這樣的擔心讓我無法熱愛生命，活在恐懼的陰影底下我甚至談不了珍惜，感覺過去的那些知識都不是身體的記憶，一個人讀了那麼多書、做了麼多的研究，竟還是幫助不了自己。

記得我最害怕的一次，是我坐在太魯閣的列車上，列車正高速地行駛，而我坐在靠窗的位置望向前方。我很清楚車子將開往何處，但我不確定自己是不是會平安抵達，雖然我的努力都於事無補，但我還是很認真地看著自己身處的位置、監視著車子的每一次轉彎和加速，我仔細地觀照呈現在我眼前的一切狀態。

陽光沒有分別地撒在每一個座位上，包括我拿在手裡的黃色厚毛衣，好像都可以感覺到受到陽光曝曬後的蓬鬆和溫暖。我看見列車裡面有人貼著窗戶睡著了、有人戴著耳機沉醉著，每一個人看起來都安好無事，我在這些臉龐與姿態裡看見他們的安心。這台車正在通往宜蘭的路上，我就坐在太魯閣的列車上，安安穩穩、持續地與它前進著。

有一刻我忽然看見父親口中說的那個「幸運」，要有這樣的平安是需要好多人共同維護的，要感謝每一個讓這個旅途順利的人，不只是車長，還包括了機械師、維護人員、好的乘客，因為有大家的相互配合才有現在的安穩與和諧。平安與否是與大家相連的，而我也是那個維護幸福的其中一人啊。

雖然恐懼並沒有在這次的領悟裡完全消失，但每當我把注意力放在眼前的事物上，我的害怕就會少一些，好像曾經我也在書裡讀過這樣一句話——人不需要用力地驅逐黑暗，只要把光帶進來。

那時候我因為看見自己的平安，所以自然也就不恐懼了。

我感覺我們所吸收的知識若要成為「有用」的工具，那就必須實踐於生活。倘若在我們對這個世界產生好奇之前，就先得到了答案，知道哪些是可以冒的險，哪些是不可能再重來的，那這個東西即使成為了記憶、放在心裡了，那也不是你的，反而它可能會成為我們認識這個真實世界的阻礙。

雖然跟著這些安全指引前進可以讓我們得到保護，可以在受傷之前有一個安全的緩衝，但也因為這樣的貼心，使我們逐漸變得失去勇氣，我們不再像從前那樣勇敢地願意接受「未知」給我們的禮物。

有時候我更願意相信生命有它自己的出口，在面對困境的時候，人會找到自己內在原生的力量。列子乘風而行的時候，即使沒有安全手冊也能自在、逍遙地飛啊。

我感覺只有當我拋開過去的聲音，聽聽自己、看看現在，我才會知道自己所擔心的都是在幻覺裡，於是才能讓自己從困境中走出來，不再害怕，為自己帶來真正的平安。

最深的平安，要往心裡尋

我和棉木先生第一次見面，是在一間佛寺裡。

當時我十七歲，是一個高中生，沒記錯的話還帶了點抑鬱氣息。棉木先生與我相差三歲，那時的他是個大學生，印象裡他給人一種穩重的感覺，那時候我直覺他與我是兩個不同世界的人。

我圓了自己小時候的夢——在佛寺裡禪坐三天。

在這裡的每一天，表上規定四點起床，四點半開始禪坐第一柱香。每天都要坐上足足四柱香的時間，有兩個小時、兩個半小時，最長的時間還有到三個小時。每一炷香都必須坐好、坐滿，時間如果還沒到，磬如果還沒敲，是不能隨意離開的，就是要你安住在那裡，如果打瞌睡了呢，你的背上會有三個大板子。

當然不只這些，禪修期間，還有一個具有挑戰性的規定——每天一百零八遍的拜懺。經文反覆地念、反覆地跪拜，一遍不夠，還有第二遍、第三遍、第四遍，聽說棉木先生寒暑假都會在這打坐，他不只打禪三，他是以月計算的，放假了他就來，開學了他又會回學校上課。

我第一次在這裡打坐就遇見他了。記得在我打禪的第一天晚上，棉木先生在大家各自回禪房休息的那段時間來找我說話。「你還習慣嗎，打坐打得還好嗎？」他用一個大哥哥的姿態關心著我的第一次禪三，彷彿我應該要有什麼問題。殊不知那個年紀的我最討厭人家問我好不好、功課有沒有問題。但我記得那時的我，並不討厭他那直面而來的關心。

「還行啊，沒有什麼問題。」明明有的，我有滿腹的疑問，但是在他面前我裝得無所謂，像是一般少年那樣在別人面前總是刻意輕描淡寫自己的不甘，那是秘密啊，不能隨意讓人知道的。

是誰賦予我生命的？我又為何會死亡？如果人會死，那麼活著有什麼意義？我從來沒有向誰問過這些問題，我知道別人身上是找不到答案的，告訴我我也不要。有些東西必須自己尋，你才覺得有意義。

這也是我為什麼到這裡，我想讓自己安安靜靜的，想讓自己說給自己聽。

記得在我第一次打坐的時候，腦袋乾乾淨淨的，連個夢也沒有。當時不知道這樣的乾淨是可貴的，只想求一個符碼、一個暗號，就算一句夢話也好，讓我可以抓住一些什麼能讓我帶回家收存的里程碑，至少感覺有點收獲。

後來才知道，沒有收穫是好的，沒有拾、便不會貪，沒有貪、才會知足，有段時間我深刻地感覺快樂其實是滿足，不是擁有。

在我小的時候，父親從都市自願調到偏鄉上班，那裡沒有便利超商，只有雜貨鋪，晚上七點之後路上沒有一個行人，除了每月的十三號會有夜市，雖然比起都市的規模來說還是太小，但鄉下的小朋友都會在這時候拉著大人出來玩彈珠台、吃鐵板麵，家家戶戶的小孩彼此熟悉，生活和遊戲都是一起的。

我們在這裡有一個家，一個簡單素樸的小房。雖然這裡沒有電影院、沒有書局，但是我卻最鍾意在這裡生活的一切。我喜歡和母親走路去菜市場買菜，和攤販的老闆娘聊家常；我喜歡和全家人在巷弄裡散步，一起看見落日灑在整排的平房；我喜歡在晚上七點的時候，和所有的鄰居一起等垃圾車經過家門口。

每一次到這個家，我就會特別勤勞，好像鄉下的時間比較從容，有足夠好的心情可以去做一些平常覺得困難的事。從家裡的陽台看出去，可以望見遠山，沒有雲的時候陽光會不吝嗇地斜進屋內，我把書桌搬到窗台，幸運的時候還能搶到主動幫忙晾全家衣服的工作。

記得有一次因為痛經，原本要幫母親洗衣煮飯、打掃家務的計畫都沒有履行，只能乾乾地坐在椅子上看著母親移動的身體。母親總是很能體諒，她要我好好休息，還說這些工作本來就是屬於她的。我記得那天我看見她一個人扛洗衣籃、一個人煮飯喝湯的背影，母親小小的，可是卻那麼有力量。

鄉下的生活裡沒有太多能讓人分心的事，所以能夠這樣一點一點的把內在的感官打開，因為擁有的很少，所以每一項都珍惜。每當我回到都市裡，我就會記得回歸那樣的簡單，就算是捨棄一些什麼也不覺得可惜，我知道滿足才使我快樂，不是擁有。

打坐的時候更是如此，所有的「里程碑」就像蓋房子一樣，你花多大的力氣達到那樣的境界，你就要再花一樣的力氣拆掉那個大房子，因為目標會告訴你必須再蓋一個比他更大的。追求成就是辛苦的，因為總是在追逐，所以等不到靠岸。

後來的每一年，我都會再回到那個佛寺打坐，去看看自己又蓋了哪些房子，然後再一步一步拆掉心裡的磚。

有一次棉木先生在我打禪七之前告訴我：「不要有所期待，要把心打開。」多麼簡單的話，但我知道他一定知道我在追求什麼，知道我總是期待別人看見我，卻從來沒有好好地看見自己。

過去好幾次我一個人在大殿，越是安靜，我的心就越發狂亂，我是那麼地不相信自己、想要抓住一些什麼，我沒有看見自己當下擁有的一切，也沒有想要和自己在一起。

棉木先生是不是知道我在經歷些什麼，所以他才說「不要有所期待，要把心打開」。那時的我還來不及問「該如何把心打開」，卻已經踏入禪坐的旅程，記得後來是在某一次的禪定中，我才終於撥開這個疑問。

那時是在我禪坐的最後一天，因為每天的早起和不間斷地保持專注，身心已達到最疲憊的狀態，再也沒有任何的期待，於是自然地從努力的想追求些什麼轉換成「不努力」模式。我沒有刻意地要坐得直挺、沒有期待腦海裡的畫面、沒有覺得自己是在打坐，正因為這樣，我卻感覺這是我打坐最舒服的一次。

我在努力與不努力之間，看見這樣的空隙——只是在那裡，一切都在了。

原來把心打開並不是一件需要努力去達成的事，甚至，它並不是一個問題，因為心的廣度本來就在那裡了，努力把心打開是做不到的，它需要的是被「看見」，看見自己的心其實是有那麼大的。

雖然是用最舒服的方式前進，但我知道努力也是必須的，當一件事情能夠反覆地進行、沒有要逃離它，只是純粹地做下去，它就會帶你一層一層地再更深入進去。就像後來的我們熟識了，有了更多意見交流的機會，也不排斥任何形式的溝通，我們始終相信穩定的情感是需要深入對話的，那樣的深度也像是母親從事家事工作一樣，因為日復一日的勤勞，所以讓生命與之有更深刻的連結。

下山之後的一個禮拜，我在交換日記裡寫了這樣一段話給棉木先生：

「昨天晚餐之後，我幫忙母親整理廚房，感謝溫熱的水讓我的手不至於凍傷，在勞動裡不但能完成把碗筷洗淨的工作，還能溫暖我的雙手，真是幸福。」

下山之後我學會在每一次講話的時候都記得考慮別人的感受、面對物品也更珍惜更小心。山上是禁語的，沒有人教你這些，這些貼心和細緻的品質是在與自己相處時自然熟成的，禁語使我在說話之前留時間，因為有這樣的等待所以心思細膩了，我發現當我用這樣的眼光看世界的時候，世界回饋給我的也是如此柔情。

離開了在佛寺打坐的日子，我感覺回家之後才是真的修行。在家裡，沒有人幫你敲鐘、沒有師父的打板，偶有怠惰和與人的摩擦，這時候更需要自己的眼睛時時刻刻盯緊自己、看見自己的行為、察覺心裡的念頭。

以前我總以為努力能帶我去更好的地方，現在我知道努力並不會帶我走得更遠、在佛寺裡打坐也不會讓我更接近佛，我要去的從來都不是遠方，平安就在我自己的心上，就像棉木先生說的，只要放下心中的期待、把心打開，相信無論身在哪裡，哪裡都可以貼近自己的。

後記

老實說，這篇後記是我琢磨最久的一篇，一直遲遲不敢下筆，不知道我該對誰說話，總覺得這本書是我對自己的整理，是我從小到大最私密的日記，是某種生命狀態的紀錄。

我的心裡其實有好多好多的話想說，但感覺怎麼整理都不會是最好的，有太多東西需要被好好收納，不該就這樣結束。而「誠實」一直是我最舒服面對自己的方式，我憑著這樣的信念開始動筆寫下這篇後記。

我總是希望能把最好的自己寫下來、總是期待完美，但我知道生命的豐富是因為它可以包容一切好的壞的，完美並不是我生命最完整的狀態，於是在文字面前我選擇脆弱、選擇誠實，我相信去面對自己最不堪的樣子，也是一種趨光。

寫這本書的時候，我剛結束一本碩士論文的壓力，畢業後也找到一家不錯的公司上班，那時候我把身分和時間都調配得很剛好，白天工作、晚上寫書，但隨著寫作進展的深度，使我不得不往內挖掘更深一層的東西，漸漸地我的精神與體力再也無法支撐這樣的消耗，長達一個月的時間，我認真地去思考「這輩子我想完成什麼目標」、「我想成為什麼樣的人」這類很八股但對我卻很重要的人生問題。後來，在棉木先生與家人的支持下，我辭去了工作，專心投入人生中最嚴肅的文字創作生涯。

回顧自己不是一件容易的事，尤其要整理自己的過去，那感覺就像是進入一間又一間自己不曾想過要打開的房間，在故事成形之前你會先看見灰塵、你會打很多的噴嚏，而我時常對它們過敏，常常是一邊打字一邊擦眼淚，在文字生成之後，我才慢慢地又與自己和解。

寫作對我來說一直有清理內在的功用，寫書大概是眾多療程裡最完整的療癒，雖然我經常在寫的過程中經歷很大的低潮，經歷一種不想面對過去的自己、不想把它整理乾淨的狀態，因為有些東西它還在流血，碰了就會感覺到痛，但也因為了解自己所以可以深入、可以安撫、可以對話，每一次的整理對我來說都是很需要耐心的，所以也特別想感謝我的晏瑭，她是這本書的編輯，也是我生命中很重要的貴人，謝謝她在人群中看見我，在我寫作的過程中不斷支持和傾聽，還給予我寶貴的真實意見。

有時候我並不喜歡自己，在出版前曾想過自己是不是應該放棄，覺得這些文字太過赤裸，不想要把不夠好的自己印刷，讓它就永遠停留在這裡，我知道這是出自一種害怕，怕被看見自己的心裡其實還有很多破洞，怕自己承受不起觀看、怕自己弱不禁風。

如果沒有棉木先生，也許就不會有現在的我。在每一次覺得自己要過不去的時候，是他拉了我一把，是他一次一次把我從低谷裡救出來、耐心地陪我走過黑暗，帶我去看見陽光。他是這本書幕後最大的功臣，是我一輩子最想珍惜的對象。

最後我想用最真誠的心來感謝我的家人，謝謝我是這個家的一份子，謝謝父母的養育之恩，是您們讓我有足夠的力量能做自己。

這本書結束了，但我的生活還在繼續呢！我會繼續保持善良和柔軟，用敏感的心去感受生活、過每一個平凡的日子。謝謝您讀到這裡，期待我們在下本書見。

擁抱自己的碎片

新書問卷抽獎

感謝您購買《擁抱自己的碎片》，為了回饋讀者，時報文化特別舉辦掃QRCode填問卷抽獎活動，完整填寫問卷將有機會獲得「青與棉木先生的丸子」NFT一份＋「青與棉木先生帆布束口提袋」一個（總名額3名）。

- 問卷截止時間為 2022 年 6 月 30 日。
- 開獎時間為 2022 年 7 月 8 日，得獎名單將公布於青與棉木先生 IG，未能於 2022 年 7 月 15 日前聯繫上之得獎者，將視同放棄。
- 時報文化保留活動辦法詮釋及變更之權利。

微文學53

擁抱自己的碎片

作　者——青（@163＿＿＿＿＿）
繪　者——棉木先生
副主編——朱晏瑭
封面設計——張　巖
內文設計——林曉涵
校　對——朱晏瑭
行銷企劃——謝儀方

第五編輯部總監——梁芳春
董事長——趙政岷
出版者——時報文化出版企業股份有限公司
一〇八〇一九臺北市和平西路三段二四〇號七樓
發行專線——（〇二）二三〇六六八四二
讀者服務專線——〇八〇〇二三一七〇五
（〇二）二三〇四七一〇三
讀者服務傳真——（〇二）二三〇四六八五八
郵　撥——一九三四四七二四　時報文化出版公司
信　箱——一〇八九九臺北華江橋郵局第九九信箱

時報悅讀網——www.readingtimes.com.tw
電子郵件信箱——yoho@readingtimes.com.tw
法律顧問——理律法律事務所 陳長文律師、李念祖律師
印　刷——勁達印刷有限公司
初版一刷——二〇二二年五月二十日
初版三刷——二〇二二年十月四日
定　價——新臺幣三五〇元
（缺頁或破損的書，請寄回更換）

擁抱自己的碎片/青(@163＿＿＿＿＿)著；棉木先生繪. -- 初版. -- 臺北市：時報文化出版企業股份有限公司, 2022.05
面；　公分
ISBN 978-626-335-366-4(平裝)

863.55　　111006090

時報文化出版公司成立於 1975 年，並於 1999 年股票上櫃公開發行，
於 2008 年脫離中時集團非屬旺中，以「尊重智慧與創意的文化事業」為信念。

ISBN 978-626-335-366-4　Printed in Taiwan